DIE SPUR DES EMIRS

von Ursula Janßen

Juni 2018

Martina Franca, Italien

Umschlagfoto: Manoocher Deghati

ISBN: 9781983207525

Se non è vero, è ben trovato.

Wenn es nicht wahr ist, so ist es doch gut erfunden.

- Giordano Bruno

1

TARENT, ITALIEN, AD 880

Sawdan stand am Fenster und sah auf die Lagune hinab, die die Form eines Alambic, eines Destillierkolbens, hatte. Das war zumindest die Assoziation, die ihm in den Sinn gekommen war, als er zum ersten Mal diesen von der Natur perfekt erschaffenen Seehafen erblickt hatte. Alle Kriegsschiffe, die die Stadt in den letzten Wochen aufbringen konnte, lagen nun vor dem engen Zugang, der das *mar piccolo*, die Lagune, vom *mar grande*, dem offenen Meer, trennte. Denn Tarent wurde belagert. Die Schiffe der Belagerer konnte Sawdan nicht sehen, denn sie lagen auf der anderen, dem offenen Meer zugewandten Seite der Insel. Der griechische Kaiser Basileios ließ die Stadt vom Meer her belagern, unter der Führung eines Admirals ausgerechnet aus seiner, Sawdans, Heimat Syrien. Die Lagune mit dem Hafen war Tarents Lebensader. Auf der Landseite lagerten die Heere der Römer und schnitten die Stadt so komplett von der Außenwelt ab. Es sah nicht gut aus für Tarent, Sawdans letzte Zuflucht, befand er. Aus diesem Grund hatte er begonnen, seine Erinnerungen aufzuzeichnen, zudem um den Hetzereien der fränkischen Schreiber und insbesondere dieses vermaledeiten Mönchs Erchempert etwas entgegenzusetzen, der ihn als Teufel beschrieben hatte. Selbst seinen Namen hatten sie benutzt, um ihn zu dämonisieren: Scheitan, Satan, hatten sie ihn genannt und ihm all die Dinge vorgeworfen, die sie selber getan hatten. Sicher, er, Sawdan, war kein Engel gewesen, er musste sein Territorium ausbauen, seine Herrschaft verteidigen, Allianzen schmieden. Taten das nicht alle?

Sawdan ging an sein Schreibpult und begann:

Im Namen Gottes, des Allerbarmers, des Barmherzigen. Ich, Sawdan al-Mazari ibn Yunis al-Harrani, der letzte Emir von Bari, schreibe im Jahr 266 nach der Hedschra des Propheten Muhammad, gepriesen sei sein Name, die Ereignisse um meine geschätzte Stadt Bari, Hauptstadt meines Emirats, um den Fürsten Adelchis von Benevent und den allzu unredlichen fränkischen Kaiser Ludwig nieder, die zu meinem Exil in Tarent führten. Ich werde diese Aufzeichnungen zusammen mit den traurigen Überresten meiner geliebten Bibliothek von einem meiner Getreuen verstecken lassen, denn diese Stadt zwischen den Meeren ist der Zerstörung geweiht, und genügend Schriften sind in den vergangenen Kriegen verbrannt worden. Möge Gott uns allen helfen! Und möge er in Zukunft die Vernichtung von Büchern verhindern!

I

WORMS, DEUTSCHLAND, IN DER GEGENWART

Lia Winter beantwortete die Frage ohne zu zögern. Schließlich war das Mittelalter ihr Spezialgebiet. Zwar kannte sie sich eigentlich besser mit dem Frühmittelalter aus, aber als Stadtführerin in Worms war sie auch mit dem Hochmittelalter und den späteren Perioden vertraut:

„Der Name dieses Friedhofs, Heiliger Sand, erklärt sich der Legende nach daher, dass die ersten jüdischen Einwohner von Worms Sand aus der Heiligen Stadt Jerusalem mitbrachten, um in heiliger Erde bestattet werden zu können. Die erste Synagoge in Worms wurde 1034 eingeweiht, etwa in der Zeit, aus der die ältesten Gräber stammen. Er ist damit der älteste jüdische Friedhof Europas. Jüdische Handelsleute sind in Worms allerdings bereits seit 960 belegt; sie haben erheblich zur Bedeutung und zum Wohlstand der Stadt beigetragen. Leider fand das erste Pogrom an den Wormser Juden schon kurz darauf während der Ersten Kreuzzugs 1096 statt, als alle Juden, die die Taufe verweigerten, ermordet wurden."

Die Gruppe ging weiter durch das sogenannte Rabbinental, in dem mehrere bedeutende Rabbiner bestattet sind, vorbei an schief stehenden schlichten Grabmalen. Auf vielen der Grabsteine hier lagen kleinere Steine, die Besucher als Zeichen des Respekts hiergelassen hatten. Auf den Grabsteinen einiger berühmter Rabbiner lagen unter den Kieseln auch eine ganze Anzahl an Zetteln mit Texten, Gebeten, Gedichten, Bitten und Anliegen.

„Dieser Grabstein hier, der oben abgebrochen ist, ja genau, der mit all den Kerzen davor, gehört zum Grab des Rabbi Yaakov haLevi Molin, genannt Maharil, einem der berühmtesten jüdischen Gelehrten des ausgehenden Mittelalters. Wahrscheinlich ist er derselbe, der unter dem Pseudonym Abraham von Worms das 'Buch der wahren Praktik in der uralten göttlichen Magie' verfasst hat und das viele esoterisch angehauchte Autoren bis in die Neuzeit hinein beeinflusst hat. Am Anfang des Buchs beschreibt er seine Bildungsreise durch Osteuropa, Byzanz, Syrien, Ägypten und Italien. Sollten seine von ihm beschriebenen Reisen den Tatsachen entsprechen, liegt hier ein für seine Zeit in der Tat weitgereister Mann bestattet."

Viele der hebräischen Inschriften auf den Gedenksteinen waren stark verwittert, manche bis zur Unlesbarkeit: „Die Kugeleinschläge, die sie auf diesem Grabstein hier sehen, stammen aus den Pfälzischen Erbfolgekriegen von 1689."

Lia führte nun schon die zweite Gruppe an diesem frühsommerlichen Sonntag durch Worms. Die Schwerpunkte lagen wie immer auf dem karolingischen Worms des 9. und 10. Jahrhunderts, den nachfolgenden Dynastien der Ottonen und Salier und auf der herausragenden jüdischen Geschichte der Stadt, die zusammen mit Speyer und Mainz im Hochmittelalter das Zentrum der europäischen jüdischen Kultur darstellte. Und natürlich auf der Nibelungensage, allgegenwärtig in Worms, obwohl, wie Lia fand, die Stadt doch wahrlich ausreichend nachweisbare Geschichte zu bieten hatte. Der Nibelungenrummel ging ihr ein bisschen auf die Nerven.

Über all das und noch einiges mehr erzählte Lia ihrer Reisegruppe, von deren Teilnehmern manche mehr, manche weniger aufmerksam zuhörten. Sie war froh, heute eine zweite Führung zugeteilt bekommen zu haben; sie konnte jeden Euro gebrauchen.

Lia galt bei ihren Freunden als vergleichsweise bodenständige Person, vielleicht manchmal ein bisschen verschlossen, nach Möglichkeit kurz angebunden, eher der Kumpeltyp. Das war zumindest das Bild, das sie nach außen hin pflegte. Darunter verbarg sie gut die ständige Sorge, es nicht allen Recht zu machen, nicht allen zu gefallen oder jemanden zu verärgern. Damit ging es ihr wie wahrscheinlich vielen, vielen anderen Menschen, aber wer weiß das schon, denn gibt es einen Gradmesser für Besorgtheit? Dazu kamen die ständigen finanziellen Sorgen: als freiberufliche Mittelalterhistorikerin, Spezialgebiet Frühmittelalter, lagen bezahlte Jobs nicht auf der Straße. Arbeit gab es, ja, aber eben keine bezahlte. Und das mit der Bezahlung war doch irgendwie der Clou an der Sache. So reichte es gerade mal für das Nötigste und manchmal noch nicht einmal das. Daher half sie nebenbei im Weinhandel ihres Vaters aus. Im Geschäft der Eltern – und das mit Anfang dreißig! Natürlich hätte sie als Teilhaberin in den Laden einsteigen und ihn später mal übernehmen können. Aber Lia war von der Vorstellung, nicht ihren eigenen Weg zu finden, nicht begeistert, auch wenn sie den Laden irgendwie, zumindest vom ästhetischen Standpunkt gesehen, mochte. Holzvertäfelt an den wenigen Stellen, an denen keine Regale standen, ein bisschen bieder vielleicht, zog die solide Auswahl lokaler und regionaler Weine sowie ein ausgewähltes Sortiment internationaler Weine, einen zuverlässigen Kreis von Stammkunden an. Aus dem internationalen Sortiment galt neben den unvermeidlichen französischen Klassikern besonders die Auswahl italienischer Weine als exzellent – hatte Lias Mutter als Süditalienerin doch besondere

Kontakte und Insiderkenntnisse. Auch wenn ihre Familie schon vor Jahren in den Norden gezogen war, war ihre Mutter doch in Apulien aufgewachsen, genauer gesagt im *Valle d'Itria*, dem Itria-Tal zwischen den Städtchen Martina Franca, Cisternino und Locorotondo. Lia war seit vielen Jahren nicht mehr dort gewesen, das letzte Mal war sie noch ein Kind. Sie hatte das dunkle, fast schwarze Haar und die dunklen Augen ihrer Mutter geerbt, ihre Haut aber war so blass, dass sie bereits beim Gedanken an die Sonne einen Sonnenbrand bekam. Das machte ihr aber die meiste Zeit nichts aus; der Himmel war eh meistens grau und Regenwolken verdeckten die Sonne viel zu häufig.

Lia hatte die letzte Führung beendet, schwang sich auf ihr Fahrrad und machte sich auf den Weg nach Hause. Jetzt im Juni war es noch lange hell, dennoch zog es sie nach Hause zu einem kleinen Abendessen, einem Glas Wein und einem gutem Buch. Sie lebte in einer winzigen Wohnung in Neuhausen, einem Neubauviertel in Nähe zur Altstadt, das erschwinglicher war als eine Wohnung in den sonst eher pittoresken Gebieten der Stadt.

Als sie sich gerade gemütlich hingesetzt hatte, die Füße auf der Couch, ein Buch in der Hand, klingelte Lias Handy. Sie seufzte, stand auf, fischte das Telefon aus ihrer Tasche und nahm den Anruf an, ohne auf das Display zu sehen, und verfluchte sich sofort dafür.

„Lia Winter."

„Hallo Lia, ich bin's, Rolf."

„Oh nein! Bitte nicht schon wieder", dachte Lia. Laut aber sagte sie nur „Was willst du?" Rolf war Lias Exfreund, aber das wollte er nicht wahrhaben. Er war ein fürchterlicher Angeber, ein Egozentriker und, so hätte Lia es zusammengefasst, ein Idiot. Die Beziehung hatte nur kurz gedauert. Lia fragte sich, warum sie überhaupt auf ihn reingefallen war. Er war anfangs charmant gewesen und sah ganz gut aus. Schnell hatte sich allerdings sein wahrer Charakter gezeigt. Einige Situationen waren Lia ganz schön peinlich gewesen. Als Lia dann die Beziehung beendet hatte, hatte Rolf sich in seiner Ehre oder seinem Selbstwertgefühl gekränkt gefühlt. Er konnte es einfach nicht wahrhaben, dass Lia nichts mehr von ihm wissen wollte. Es war ihm einfach unverständlich, da er ja in seinen Augen ein so toller Hecht war.

„Lia, ich wollte nochmal mit dir reden. Lass uns heute Abend ausgehen. Ich lade dich ein."

„Rolf, ich will nicht. Heute nicht, morgen nicht, und auch nächstes Jahr nicht. Was ist daran so schwer zu verstehen?"

„Ach, Lia, komm schon, jetzt zier dich nicht so!"

„Rolf, nein! Und bitte hör auf, mich ständig anzurufen. Es ist aus und damit basta. Verschwinde einfach aus meinem Leben!"

„Das wird dir noch leid tun! So lasse ich nicht mir mir reden!" Rolfs Tonfall hatte sich spürbar geändert.

„Was soll das? Willst du mir etwa drohen?"

„Die Interpretation überlasse ich ganz dir."

„Lass mich in Ruhe!" Lia legte auf. Im Laufe des Abends klingelte das Telefon noch zweimal. Diesmal sah Lia auf das Display; es war beide Male Rolf. Sie ging nicht ran und schaltete schließlich ihr Mobiltelefon ab. Eine Festnetznummer hatte sie nicht.

Am nächsten Tag gegen Mittag fuhr Lia zur Weinhandlung ihres Vaters, die in der Altstadt gelegen war. Er hatte den Laden kurioserweise „Weinhandlung zum Trullo" genannt. „Winter-Weine" wäre wohl ein zu farbloser Name gewesen. Der aktuelle Name rührte von den rheinhessischen Weinberghäuschen her, von denen es in der Gegend von Worms einige gab, und die nach ihren süditalienischen Vorbildern als Trullo bezeichnet wurden. Trulli waren Häuser mit einer bienenkorbförmigen Kuppel, die im Sommer schön kühl blieben. Angeblich waren die deutschen Exemplare vor drei- oder vierhundert Jahren von apulischen Wanderarbeitern errichtet worden. Gleichzeitig war der Name eine Hommage an die Heimat seiner Frau. So zeigte das Geschäftslogo auch eine Abbildung des Trullos von Flonheim in der Nähe von Worms.

Es waren mehrere Kunden da, die auf Beratung warteten; Lia sprang ein und half einem Kunden, eine gepflegte Auswahl für ein Familienfest zu treffen. Kurz vor der Mittagspause leerte sich der Laden.

„Hier ist ein Fax für Dich angekommen, an die Faxnummer vom Laden, aus Italien. Deine Mutter hat auch eines erhalten, aber sie war heute noch nicht im Geschäft."

„Wer schickt denn heutzutage noch ein Fax?", fragte Lia.

„Es ist anscheinend von Tante Jann", erklärte Lias Vater. „Mehr habe ich leider nicht entziffern können."

Tante Jann, oder eher Zia Jann, war die Frau des ältesten Bruders von Lias Mutter. Die Familie war kaum noch in Kontakt, der Großteil lebte seit Jahren in Mailand. Nur noch ein entfernter Cousin, zweiten Grades wenn sie sich nicht irrte, der als Önologe arbeitete und irgendwo in der Gegend von Bari lebte, hielt Lias Eltern regelmäßig über die neuesten Entwicklungen auf dem Gebiet des süditalienischen Weins auf dem Laufenden und stellte – falls nötig – Handelskontakte vor Ort her. Lias Onkel 'Ncìccu, der einige Jahre älter als ihre Mutter war, war mit seiner Frau Jann auf dem Land geblieben und hatte die althergebrachte einfache Lebensweise der Großstadt vorgezogen. Die Ehe war kinderlos geblieben. Lias Mutter hatte ihre Schwägerin immer etwas sonderbar gefunden. Zia Jann hieß eigentlich Anna mit Vornamen; Jann war eine der vielen Namensvarianten oder Koseformen, die der apulische Dialekt hervorgebracht hatte. 'Ncìccu gehörte auch dazu und hieß eigentlich Francesco. Immerhin nannte sich besagter Cousin einfach Nico. Zia Jann allerdings war eine *masciàre*, eine weise Frau, eine Heilerin, sagten die einen, eine Hexe, die anderen, so wie sie immer noch in ländlichen Gebieten Süditaliens anzutreffen waren, wenn auch immer seltener.

Lia nahm das Fax an sich und las es. Es handelte sich um den Ausdruck eines ursprünglich mit der Hand geschriebenen Briefes. Zia Janns Handschrift war eine Herausforderung. Kein Wunder, dass ihr Vater, dessen Italienisch zudem nicht so toll war wie es hätte sein können, nicht hatte entziffern können. Da Lia zweisprachig aufgewachsen war, war ihr Italienisch hingegen flüssig. Der Brief besagte recht knapp, dass ihr Onkel 'Ncìccu verstorben war und sie und ihre Eltern zur Beerdigung erwartet wurden, die bereits in drei Tagen stattfinden würde. Telefonieren schien Zia Janns Sache nicht zu sein. Überdies war sie, Lia, eingeladen, einige Zeit, wie sie es eben einrichten könne, bei ihrer Tante zu verbringen, um die Familientradition nicht völlig abreissen zu lassen, wie sich der Brief ausdrückte.

Am Ende flog Lia dann alleine. Die Eltern hatten auf die Schnelle keine Vertretung für den Laden finden können und wollten auch nicht mehrere Tage schließen. Lia hatte rasch einen passenden Flug nach Bari gefunden. Sie hatte nur kurz überlegen müssen, um auch die Einladung ihrer Tante für einen längeren Aufenthalt anzunehmen. Wenn sie es recht bedachte, hielt sie außer der Gewohnheit nicht viel in Worms; die guten Jobaussichten erstrecht nicht. Es sprach auch nichts dagegen, Rolf für einige Zeit nicht über den Weg laufen zu können. Sie rief ein paar Freunde an, um sich für den Sommer abzumelden und hatte es in der kurzen Zeit sogar geschafft, ihre Miniwohnung für ein paar Wochen zwischenzuvermieten. Vielleicht war es eine verrückte Idee, überstürzt und unklug, aber irgendwie war Lia der Überzeugung, das Richtige zu tun.

II

Während des zweistündigen Fluges dachte Lia über das nach, was sie erwartete. Tante Jann lebte in ihrem beschaulichen Trullo und kümmerte sich um das Land, ihre Tiere und alle, die zu ihr kamen und um Hilfe baten, sei es bei Krankheit, kleinen Wehwehchen, Liebeskummer oder sonstigen Sorgen. Bis vor kurzem hatte sie sich auch um den Onkel gekümmert, aber der war ja jetzt verstorben.

Gewisse Teile der sich als modern betrachtenden Mittelschicht der umliegenden Städte betrachteten die Lebensweise der *contadini*, der Kleinbauern, immer noch als minderwertig und versuchte, sich von der bäuerlichen Kultur abzugrenzen. Bauern galten als ungebildet. Die Idee der Selbstversorgung war, wie überall, im Konsumrausch untergegangen. So ging althergebrachtes Wissen verloren. Aus irgendeinem Grund hielt sich so mancher Aberglaube hingegen hartnäckig. Zia Jann gehört zu denen, die alldem widerstanden hatte. Jetzt war sie alleine im Haus mit ihren Tieren und hatte Lia diesen Brief geschrieben.

Am Flughafen in Bari wurde Lia von ihrem Cousin Nico abgeholt. Er war schlicht, aber elegant gekleidet und stand in krassem Kontrast zu einigen ihrer Mitreisenden, die angezogen waren, als würden sie in der afrikanischen Savanne oder im südamerikanischen Urwald auf Safari gehen. Sie erkannte Nico nach all den Jahren, in denen sie sich nicht gesehen hatten, kaum noch wieder, er hingegen Lia sofort:

„Herzlich Willkommen, Lia! Gut, dass Du es einrichten konntest!

Ich bin froh, dass zumindest einer von euch hergekommen ist. Wie lange warst Du eigentlich nicht mehr hier?"

„Das muss jetzt fast zwanzig Jahre her sein."

„Meine Güte zwanzig Jahre! Warum? Hat es Dir nicht gefallen?"

Lia zuckte mit den Schultern. „Keine Ahnung. Wir sind im Sommer immer nach Mailand gefahren. Doch, es hat mir schon gefallen. Ich fand all die Tiere immer toll."

„Dann sollte es Dir immer noch gefallen. Komm, wir fahren jetzt erstmal hin. Lass mich den Koffer tragen!"

Auf der etwa einstündigen Fahrt zu Zia Janns Haus – er fuhr ziemlich schnell, einschließlich der Kurven – begann Nico zu erzählen: „Zia Jann braucht jemanden, der ein bisschen bei ihr bleibt. Sie ist stark und lässt sich nichts anmerken, aber nach so vielen Ehejahren..." Er unterbrach den Satz. „Naja, und sie ist auch nicht mehr die Jüngste. Kinder haben die beiden ja nie bekommen. Zia Jann hat das angeblich ziemlich mitgenommen, bis sie sich damit abgefunden hat."

„Wie ist sie denn jetzt so? Kommen immer noch all die Leute zu ihr, um sich helfen zu lassen? Und die Tiere? Macht sie immer noch alles selber? Gibt es mittlerweile wenigstens fließend Wasser?"

„Jaaa, Du wirst überrascht sein, wie wenig sich verändert hat. Jetzt kommen natürlich weniger Leute. Hauptsächlich ältere Menschen mit ihren Enkeln. Oder Kinder mit verletzten Tieren. Die Katzen kommen immer noch."

Mit den Katzen war das eine komische Sache. Zia Janns Trullo stand auf einer kleinen Erhebung und aus irgendeinem Grund zog es die Katzen der Umgebung unwiderstehlich dorthin. Die alte Zia fütterte sie alle mit durch, und wenn jemandem eine Katze entlaufen war, wusste er, wo er suchen musste. Die Katzen ließen sich auch bereitwillig wieder mit nach Hause nehmen; sie hatten ein paar Tage mit ihren Kumpels verbracht und waren dann wieder bereit für Sofa und Fensterbank. Wieso sich alle Katzen ausgerechnet für diesen Ort entschieden, war unbekannt. So hatte Zia Jann immer mindestens ein Dutzend Katzen um sich. Aber keine kam ihr in die Küche oder ins Schlafzimmer!

Sie besprachen die Einzelheiten der anstehenden Beerdigung; sie würde am kommenden Morgen stattfinden, mit Leichenzug und Blaskapelle, wie es sich gehörte. Der Onkel war einen Tag und eine Nacht lang im Haus aufgebahrt gewesen und alle Nachbarn und Freunde waren gekommen, um dem Toten die vorletzte Ehre zu erweisen, während immer jemand am Totenbett sass und die Totenwache hielt. Lia schauderte ein wenig bei dem Gedanken. Der Tod des Verstorbenen wurde mit Plakaten in den Umgebung bekanntgegeben. Zia Jann' selber verkündete ihren Tieren den Tod ihres Gatten, denn auch diese hatten ein Recht, rechtzeitig davon zu erfahren.

„Was machst du denn mittlerweile so? Wie geht es dir?“, wechselte Nico das Thema.

„Ooch, geht so, ganz gut. Bin immer etwas knapp dran, aber ansonsten. Die Arbeit ist ganz in Ordnung, aber nicht so toll bezahlt.“

„Immer noch in der Wissenschaft?“

„Ich halte mich mit Reiseleitungen über Wasser.“ Lias Handy klingelte. Sie sah auf das Display, verdrehte genervt die Augen und drückte den Anruf weg. Sie würde sich dringend eine italienische Rufnummer zulegen müssen, dann könnte Rolf sie auch nicht mehr behelligen.

„Und, ein Mann in Sicht?“, setzte Nico seine Fragerei fort.

„Von meinem Standpunkt aus ist keiner zu sehen, zumindest keiner fürs Leben.“

„Jeder Topf hat einen Deckel.“

„Vielleicht bin ich dann eine Bratpfanne?“

Derart plaudernd fuhren sie an tristen Vororten der Großstadt Bari vorbei, an großen grauen Hochhäusern, an denen Minibalkone wie kleine Schwalbennester klebten, und an Industriegebieten, die völlig austauschbar wirkten und überall hätten stehen können. Als sie den Großraum Bari verlassen hatten, konnten sie endlich das Meer sehen, die Küstenstädte auf den einen Seite und die Olivenbäume auf der anderen.

„Ich hatte Bari ganz anders in Erinnerung“, bemerkte Lia.

„Hier wurden in den letzten zwei Jahrzehnten viele Einkaufszentren gebaut. Aber du erinnerst dich nach all den Jahren wahrscheinlich hauptsächlich an die Altstadt.“

„Ja, an den Heiligen Nikolaus. An das Meer. Und an das Eis.“

„Wir fahren mal gemeinsam hin.“

Nach einer weiteren guten halben Stunde Fahrt durch Olivenhaine, über immer enger werdende Straßen, die sich auf die Hochebene hinauf schlängelten, vorbei an Trockenmauern aus unbehauenen Natursteinblöcken, die kleine steinige Felder begrenzten, denen die Bauern jahrhundertelang mühsam Feldfrüchte abgerungen hatten, kamen sie an Zia Janns Trullo an. Er war, wie Lia ihn in Erinnerung hatte. „Schlumpfhausen“ hatte sie als Kind immer gesagt.

Zia Jann trat aus dem Haus: sie war älter geworden, selbstverständlich, mittlerweile vollkommen weißhaarig, ein klein wenig gebeugt, strahlte dennoch Würde und Stärke aus. Wirklich alt aussehen ließ sie jetzt vor allem das obligatorische Witwenschwarz, fand Lia. Ihre Gesichtszüge waren immer noch scharf geschnitten und rosig, wenn auch von hunderten Lachfalten durchzogen wie eine Weidelandschaft von den Pfaden der Schafe. Sie wirkte zäh. Neben ihr stand ein hellbrauner dreibeiniger Hund mittlerer Größe und unbestimmbarer Rasse und sah sie neugierig an.

„Lia, meine Liebe, schön dich zu sehen! Du bist eine Frau geworden."

„Zia, mein allerherzlichstes Beileid! Auch von meinen Eltern. Es tut ihnen wirklich leid, dass sie nicht kommen konnten."

„Hier sagt man: Zähne sind wie Familienmitglieder, pflegt man sie nicht richtig, so fallen sie aus. Ich hingegen sage: Familienmitglieder sind wie Zähne, pflegt man sie nicht richtig, so fallen sie aus. Es ist so, wie es ist. Lass dich in die Arme nehmen! Ich habe dich so lange nicht mehr gesehen."

Hinter der Tante erschien eine junge Frau mit wilder ungebändigter Haarmähne und einem ernsten Gesichtsausdruck. Als Nico sie vorstellte, lächelte sie freundlich.

„Lia, darf ich dir *la zit*, meine Verlobte, Alessandra vorstellen? Alessandra, das ist meine Cousine Lia."

„*Piacere*, freut mich."

„Sehr erfreut. Danke, dass du hier bist. Was heißt *la zit*?"

„Das ist Dialekt für Verlobte. Oder für Verlobter, das wäre dann *u zit*."

„Das ist übrigens Sgubbàt", sagte Alessandra, auf den Hund zeigend.

„Sgubbàt? Ist das auch Dialekt?"

„Jepp, es heißt der Schiefe. Passend, oder? Ein ausgesprochen ruhiges Tier übrigens. Lass uns reingehen. Nach dir bitte, Jann."

Alessandra war den Nachmittag über bei der Tante ihres Verlobten geblieben, um ihr bei der täglichen Arbeit zur Hand zu gehen und sie nicht alleine zu lassen, aber Zia Jann war in Anbetracht des kürzlichen Todes ihres Mannes und der bevorstehenden Beerdigung erstaunlich gefasst, ohne passiv oder gar gleichgültig zu wirken. Sie trauerte, ja, schien aber den Tod als Teil des Lebens akzeptiert zu haben und leugnete ihn nicht.

Sie verbrachten den Abend gemeinsam in Zia Janns Haus, das tatsächlich ein wenig von einem Hexenhäuschen hatte. Niedrige Türen und kleine Fenster mit altmodischen hölzernen Fensterrahmen durchbrachen massive, mit weißem Kalk verputzte Steinmauern von mindestens einem halben Meter Dicke. Über jedem Raum wölbten sich eine oder zwei hohe bienenkorbförmige Kuppeln, sechs waren es insgesamt, die die Räume im Sommer angenehm kühl hielten. Von außen sah man den dunklen Stein, aus dem die Kuppeln geschichtet waren und auf der Spitze thronte ein leuchtend weißer Abschlussstein in Form einer Kugel auf einem umgekehrten Kegel. Die Vorderseite der drei größten Kuppeldächer war mit weißer Farbe und mit großen, breiten Strichen mit eigenartigen Symbolen bemalt, eine Art Ring aus Kreisen, ein aufrechtes Gebilde mit mehreren teils nach oben, teils nach unten offenen Halbkreisen, und einer Suppenterrine, aus dem drei Gegenstände zu hüpfen schienen. Lia nahm sich vor, ihre Tante später einmal danach zu fragen. In der Küche und unter dem Vordach auf dem kleinen Hof davor hingen überall Bündel von verschiedensten

Kräutern zum Trocknen, außerdem Zwiebeln, Knoblauch, Chilis und, in der vor Katzen am geschütztesten Winkel, einige Salamis und eine Speckseite. Allgegenwärtige Nischen beherbergten zahlreiche Vorratsgläser unbestimmbaren Inhalts.

Sie aßen an diesem Abend nur ein wenig Brot, Käse, eingelegtes Gemüse und Oliven und gingen früh zu Bett. Nico und Alessandra übernachteten bei Bekannten in der Nähe, Lia hatte ein eigenes kleines Zimmer zugewiesen bekommen, schlicht eingerichtet und penibel sauber. Statt Schränken oder Regalen gab es Nischen in den dick gemauerten, weiß ver-utzten Wänden. Das Bett stand unter der hohen Kuppel; am winzigen Fenster standen ein Stuhl und ein kleiner Tisch. Um ins Bad zu gelangen, musste man nach draußen gehen. Lia verstaute ihre wenigen Habseligkeiten und Kleider und legte sich in das Bett. Wie so oft konnte sie nur schlecht einschlafen und versuchte es mehr spaßeshalber als ernsthaft mit Schäfchen zählen. Das Problem war nur, dass die Schafe in ihrer Vorstellung, je mehr sie einzuschlafen versuchte, die wildesten Sachen machten, um über den Zaun zu kommen. Die ersten sprangen noch brav über den Zaun, dann kam ein Schaf mit einer Hochsprunglatte; andere hingegen versuchten, einen Tunnel zu graben, den Zaun mit Dynamit in die Luft zu jagen, eine Räuberleiter zu bilden, einen Flickflack auszuführen, sich gegenseitig mit einem Katapult über den Zaun zu schießen oder mit einem Minihelikopter über den Zaun zu fliegen. So konnte doch kein Mensch einschlafen! Schließlich gelang es Lia aber doch.

ب

„Erwache aus dem Schlaf der Nachlässigkeit und dem Schlummer der Unwissenheit,
denn die Welt ist ein Haus der Täuschung
und der Drangsal."
- aus der Enzyklopädie der Brüder der Reinheit

Meine Familie stammt aus Harran, der großen und ehrwürdigen Universitätsstadt im Norden der syrischen Tiefebene, mit seinem Haus der Weisheit, das damals noch nicht vom Kalifen al-Ma'mun, ebenso wie die Hauptstadt des Kalifats, nach Baghdad verlegt worden war. Mein Vater nahm mich mit, als ich noch ein Knabe war; er ging mit mir und meinem Bruder nach Kairouan in Ifriqiya, im Norden der großen Wüste, um dort zu lehren. Niemals seitdem habe ich die Heimat meiner Väter wiedergesehen, doch wollte ich mir zu einem späteren Zeitpunkt in Bari eine zweite Heimat erschaffen. Geboren wurde ich in einem der einfachen Häuser aus Lehm, die mit ihren bienenkorbförmigen Kuppeln auch in den schrecklich heißen Sommern frisch bleiben. Die Kuppeln waren mit allerlei Symbolen bemalt, die böse Einflüsse fernhalten sollten. Alle Menschen in Harran lebten in solchen Häusern, denn sie hatten sich bewährt seit der Prophet Ibrahim aus der Stadt Ur hier siedelte.

Harran war, und ist es immer noch, ein Hort der Weisheit und des Glaubens, das Haus Ibrahims und die

Heimat der Hunafi, heutzutage nennt man sie Sabier, die schon lange vor den Offenbarungen des Propheten Muhammad, gepriesen sei sein Name, nämlich seit den Zeiten des Propheten Ibrahim, des Freundes Gottes, den einen und wahren Gott anbeteten. Die Hunafi von Harran, die die Weisheit in den Wundern der Welt suchten und sie mit ihren eigenen Augen zu sehen wünschen. Die das Große im Kleinen suchten und fanden. Die die Lehren der Alten lasen, übersetzten und bewahrten. Die Philosophie, Medizin, Alchemie, Astronomie, Kartografie, Optik und Mathematik studierten und mit ihren Werken ganze Bibliotheken füllten. Mein Vater hatte den großen Naturforscher und Alchimisten Jabir ibn Hayyan noch selber getroffen; sie beide waren Ichwan as-Safa, Brüder der Reinheit, so wie ich jetzt auch einer der ihren bin. Jabir ibn Hayyan, den die Franken Geber nennen, weil sie seinen Namen nicht aussprechen können, war in der Bruderschaft bereits in den höchsten Grad der Propheten und Philosophen aufgestiegen, während mein Vater noch den Grad des Handwerkers bekleidete.

Mein Vater, mein jüngerer Bruder und ich verließen Harran im Jahr 215, in dem Jahr, in welchem den Hunafi von Harran befohlen wurde, sich von nun an als Sabier zu bezeichnen, und in dem der Bau der Großen Moschee begann, an dem Ort, an dem der alte Mondtempel gestanden hatte. Wir nahmen die kostbarsten Manuskripte der Familie mit uns, denn mein Vater sollte schließlich an der Akademie unterrichten. Er war zum Nachfolger des großen Rechtsgelehrten Assad ibn al-Furat al-Harrani bestimmt worden, der wie wir aus Harran stammte und kurz vor seinem Tod und in hohem Alter noch zum Eroberer der Stadt Marsa Allah auf Sizilien geworden war, nachdem der General der byzantinischen Flotte Siziliens dem Emir von Tunis die Herrschaft über die Insel angeboten hatte, um der harten Strafe für die erzwungene Heirat mit einer christlichen Nonne zu entgehen. Bei Gott, ich werde die Wege und Sitten der Byzantiner nie verstehen.

Ich lebte mit meinem Vater und meinem Bruder einige Jahre in der ehrwürdigen Stadt Kairouan, wo ich meine Studien fortsetzte, darüber hinaus griechisch lernte, um die Schriften der Alten im Original lesen zu können, und schließlich, im Alter von 15 Jahren, in den Grad eines Handwerkers der Bruderschaft der Reinheit aufgenommen wurde. Im Gegensatz zu meiner Geburtsstadt Harran, wo Muslime, Hunafi, Christen und Juden gleichermaßen zu den Brüdern gehörten, bestand die Bruderschaft hier überwiegend aus der Anhängerschaft des Propheten Muhammad, gepriesen sei sein Name.

Wir führten ein glückliches und der Lektüre, dem Studium, dem Experimentieren und der Meditation gewidmetes Dasein und es fehlte uns an nichts. Aber ich war jung und abenteuerlustig und so schloss ich mich einer Gruppe junger Männer an, um als Siedler in das neu eroberte Sizilien zu gehen. Zunächst legten wir in Mazara an und zogen nach kurzem Aufenthalt von dort aus nach Balarm weiter, das die Einheimischen Palermo nennen, und das die Hauptstadt des Emirats Sizilien ist. Von dort aus wollten wir weiterziehen und unser Glück machen, vielleicht ein Handelsimperium gründen, vielleicht gar ein Reich erobern, wie es anderen bereits vor uns geglückt war. Dutzende solcher Erfolgsgeschichten kursierten in den Straßen Kairouans. Mit der Wahrheit hat noch niemand die Welt erobert und nur wer aufbricht kommt an, so dachten ich und meine Freunde damals. Balarm, Palermo, war erst vor kurzer Zeit zur Hauptstadt des Emirats gemacht worden und an jeder Ecke wurden Moscheen, Bäder und Brunnen gebaut sowie Gärten mit Orangen- und Zitronenbäumen angelegt. In den Straßen dazwischen boten Händler ihre Ware feil. Im ummauerten Stadtzentrum stand die Große Moschee, dort wo vormals die Kathedrale der Stadt gestanden hatte. Jetzt umfasste der Komplex neben der Freitagsmoschee eine Hochschule, Bibliotheken und Bäder. Im Vorort von Al-Khalisa wurde gerade der Palast des Emirs gebaut, mit mehreren Bädern, einer Moschee, Verwaltungsbüros und einem Kerker. Ein permanenter Wasserstrom aus vier Quellen floss durch alle Viertel der Stadt. Ganz Palermo erschien wie ein großer, bewohnter Paradiesgarten.

Unsere stetig wachsende Gruppe wollte dennoch weiterziehen, ungestüm wie wir waren, und in uns unbekannte Regionen vorstoßen. Es herrschte eine generelle Aufbruchsstimmung; wir waren wie in einem Entdeckungs- und Eroberungsrausch. Mehrmals wurden wir von lokalen Fürsten angeheuert, um sie gegen ihre Feinde zu unterstützen. Wir waren Söldner geworden, nicht mehr und nicht weniger. In nur wenigen Jahren eroberten und - ich muss es gestehen - plünderten wir so manche Stadt. Die verarmten Bauern auf dem Land leisteten keinen Widerstand. Ich verstand, dass sie als Besitz des Landbesitzers galten und diesem nicht viel mehr galten als Vieh.

Auf Bitten des Fürsten Radelchis von Benevent, für den wir bereits Capri erobert hatten, und seines Statthalters in Bari setzten wir unseren Weg nach Osten fort, um ihm bei der Verteidigung eben dieser Stadt gegen eine großzügige Bezahlung beizustehen. Schließlich, im Winter des Jahres 226, standen wir unter der Führung unseres Befehlshabers Chalfun al-Barbari vor den Mauern Baris. Die Stadt mit ihren hohen Mauern direkt am Meer, umgeben von Olivenhainen und mit einem gut schiffbaren Hafen gesegnet, ließ unsere Herzen sofort höher schlagen. Wir mussten diese Stadt erobern!

III

Die Beerdigung fand am kommenden Morgen statt. Da Onkel 'Ncìccu lebtags bereits seit vielen Jahren in den Beerdigungsfond der Arbeiterwohlfahrt eingezahlt hatte, die die Bestattung dann auch organisiert hatte, war die Trauerfeier recht beeindruckend. Der Leichenzug von der Kirche, in der die Totenmesse stattfand, zum Friedhof wurde sogar von einer kleinen Blaskapelle begleitet. Obwohl der Trauerzug den Verkehr auf der Kreuzung mindestens zehn Minuten lang aufhielt, kam kein Autofahrer auch nur auf die Idee zu hupen. Alle warteten geduldig, die meisten bekreuzigten sich. Der Friedhof erstaunte Lia zutiefst, war die Zurschaustellung von Status und Prestige doch mindestens so krass wie unter den Lebenden, wenn nicht noch ausgeprägter. Neben meterhohen schubladenähnlichen Grabplattenwänden (Erdgräber waren hier eher unüblich) standen ganze Kapellen, ja Tempel, Villen und Paläste für die Mitglieder wohlhabender Familien oder auch illustrer Laienbruderschaften, klassizistisch, neugotisch, barock, pseudoägyptisch, neoromanisch, im Jugendstil, expressionistisch oder minimalistisch, ausgestattet mit Marmoraltären, bunten Glasfenstern, silbernen Kerzenleuchtern und dicken Orientteppichen, die durch blitzblanke gläserne Türen gut zu sehen waren. "Wenn das Spiel zu Ende ist, kommen König und Bauer wieder zurück in den gleichen Kasten", hatte Lia ihre Mutter sagen gehört. Das stimmte wohl doch nicht so ganz, obwohl es für die Verstorbenen sicher keinen Unterschied machte, wohl aber für die Angehörigen.

Der Onkel wurde in der schlichten, aber geschmackvollen Kapelle der Arbeiterwohlfahrt beigesetzt und würde dort in Kürze seine eigene Grabplatte mit Foto erhalten. Der Priester segnete das Grab, Kränze und Blumensträuße wurden niedergelegt, Hände geschüttelt, Wangen geküsst, Trostworte gesprochen. Dann war plötzlich alles vorbei - kein Leichenschmaus, kein Beerdigungskaffee, kein Reuessen. Nico fuhr die drei Frauen schweigend zurück zu Zia Janns Trullo. Als Lia zuhause ihr Mobiltelefon wieder anschaltete, hatte sie eine Nachricht von ihrer Mutter und zwölf verpasste Anrufe - alle von Rolf.

Zia Jann wirkte nicht nur zäh, sie war zäh. Die Arbeit musste getan werden, also tat sie sie, das Leben ging schließlich weiter. Lia half ihr dabei so gut sie konnte, und das war gar nicht so einfach. Lia fand den Pragmatismus ihrer Tante ein wenig verstörend, fast kaltherzig. Ihr normaler Tagesablauf sah immer noch folgendermaßen aus: Jeden Tag stand sie im Morgengrauen auf, fütterte die Hühner und die Katzen, melkte die Schafe und ließ sie auf die von Steinmauern eingefasste Weide. Sgubbàt spielte eine zeitlang Hütehund und legte sich dann unter einen Baum in den Schatten, von wo er sich die nächsten Stunden wahrscheinlich nur wegbewegen würde, um dem Baumschatten zu folgen. Die Bienen versorgten sich im Sommer von alleine. Erst als alle Tiere versorgt waren gab es Frühstück für die Menschen. Dann waren der Garten und der Weinberg an der Reihe: Unkraut jäten, säen, hegen, ernten. Im Garten und auf dem steinigen Feld wuchsen Tomaten, Bohnen, Zucchini, Paprika, Rettiche, Radieschen und Salate. Ein eigener Kräutergarten beherbergte neben den üblichen Küchenkräutern eine große Anzahl von Gewächsen, die Lia nicht zu benennen wusste. Auf dem Feld wuchsen Kichererbsen, dicke Bohnen und Lupinen. Und im Weinberg mussten die Weinreben beschnitten, ausgedünnt und angebunden werden. Zia Jann machte fast alles alleine, aus der Ferne sah sie aus wie ein stets in Bewegung bleibenden schwarzer Punkt auf dem Feld. Nur zum pflügen und bei der Weinernte kamen Nachbarn und halfen. Dieses Jahr, jetzt, wo ihr Mann nicht mehr lebte, würde sie auch Hilfe beim Beschneiden der Obstbäume brauchen. Am Nachmittag dann, wenn es bereits um diese Jahreszeit zu heiß wurde, um draußen zu arbeiten, ging die Arbeit in der Küche weiter. Aus der Schafsmilch, die Zia Jann am morgen gemolken hatte, machte sie Käse, indem sie die Milch erwärmte und Lab, den sie von einem Bauern der Umgebung geschenkt bekam, hinzufügte. Nie benutzte sie ein Thermometer, um die korrekte Temperatur zu bestimmen; ein Test mit der Hand musste reichen. Nach ein paar Stunden, in der die Milch gerann, musste die Käsemasse vorsichtig geschnitten werden, dann abtropfen und den Käsebruch zum Pressen in runde Formen gefüllt werden. Lia sah erst nur zu, wurde dann aber von ihrer Tante zur Arbeit abkommandiert, schleppte den schweren Kessel, füllte die Molke ab, half beim anschließenden Saubermachen. Sie kam sich vor wie ein Hausmädchen, mitunter nahm sie die Anweisungen nur grollend entgegen. So hatte sie sich das nicht vorgestellt! Sie dachte sogar an vorzeitige Abreise. Bis es ihr in den Sinn kam, die ganze Lebensweise als eine Art Projekt anzusehen, als experimentelle Archäologie. Lia hatte vor Jahren mal einen Ex-Freund gehabt, der Ur- und Frühgeschichtler gewesen war und zu einer Gruppe gehört hatte, die in ihrer Freizeit vergangene Epochen nachlebte, mit Schlamm, Hunger, Sand im Brot, Regen und allem. Hier regnete es wenigstens nicht ständig. Sie fühlte sich an diese britische Fernsehserie erinnert, die sie sich manchmal im Internet angesehen hatte, in der Archäologen und Historiker als Experiment das Leben von Bauern in längst vergangenen Epochen nachstellten. Wenn sie es so betrachtete, schien ihr die Schufterei etwas interessanter zu werden. Und mit der Zeit durfte sie in der Käserei die ersten sensiblen Arbeiten verrichten: zunächst das Schneiden der Käsemasse, später auch das Pressen und Einsalzen. Diese Beschäftigung gefiel Lia. Sie merkte, dass der Spass an der Arbeit mit wachsenden Kenntnissen und Erfolgserlebnissen zunahm und nach einiger Zeit wurde sie zu einer recht guten Käserin. Sie hatte inzwischen auch angefangen, morgens beim Melken zu helfen. Andere Arbeiten standen an: die Aprikosen reiften, alle gleichzeitig, hunderte an einem Baum. Also ernteten sie gleich vier große Kisten und Lia verbrachte den Nachmittag damit, Aprikosen zu entkernen und in der Sonne zum Trocknen auszubreiten. Nicht nur die Aprikosen schmorten in der Sonne, auch Lia bekam prompt einen Sonnenbrand auf Nase und Wangen. Sie nahm sich fest vor, von nun an bei der Arbeit draußen immer einen Hut zu tragen.

Lia erledigte den Großteil der nötigen Einkäufe. Bei der Gelegenheit besorgte sie sich auch endlich eine italienische Rufnummer. Sie tauschte die Simkarten aus, schrieb ihrer Familie und wenigen guten Freunden eine Nachricht mit ihrer neuen Telefonnummer und freute sich auf eine Zeit ohne Rolfs Telefonterror – er war in der Zwischenzeit zu Kurznachrichten übergegangen, mal bettelnd, mal drohend, die Lia so gut es ging ignorierte. Zweimal die Woche fuhr sie mit dem kleinen klapprigen Fiat der Tante mit großen Behältern und vielen Flaschen an einen öffentlichen Brunnen, um Trinkwasser zu holen, denn das Haus war nicht an die öffentliche Wasserversorgung angeschlossen. Es gab zwar eine große Zisterne für Brauchwasser unter dem Trullo, aber da das Wasser den ganzen Sommer über darin stand, war es nicht zum Trinken geeignet. So gingen die Tage dahin und Lia gewöhnte sich mit der Zeit an das frühe Aufstehen und die viele Arbeit. Nachts schlief sie wie ein Stein. Ehrlich gesagt, gefiel ihr die Plackerei mehr und mehr; sie gab ihr ein Gefühl von Nützlichkeit und vielleicht sogar von Wahrhaftigkeit, auf jeden Fall von einem Leben nah an der Natur. "Schwielige Hände, tüchtige Hände“, so Zia Janns pragmatischer Kommentar aus ihrem scheinbar unendlichen Schatz an Sprichwörtern.

Bei der Arbeit sprach Zia Jann stets nur das Allernötigste. Hatte Lia das zu Anfang noch irritiert, stellte sie fest, dass sie es als wohltuend empfand, nicht ständig reden zu müssen. Beim Essen hingegen war Unterhaltung angesagt und abends, nach dem Abendessen, erzählte Zia Jann stets Geschichten. Sie legte großen Wert auf das gemeinsame Mahl. „Bei Tisch wird man nicht alt“, pflegte sie zu sagen. Dann sprachen sie über das Leben, das Lia führte, ihren Job beziehungsweise der Mangel an eben diesem, über die Vergangenheit, den verstorbenen Onkel 'Ncìccu, die Zukunft, aber auch ganz einfach darüber, was auf dem Hof als nächstes zu tun war. Bei einem solchen Abendessen fragte Lia ihre Tante nach den Symbolen auf dem Dach. „Sie wehren das Böse ab und beschützen die Bewohner“, antwortete diese.

„Das glaubst du aber doch nicht wirklich! Es ist Farbe auf Stein.“

„Doch, das glaube ich. Das haben die Menschen hier schon immer so gemacht.“

„Schon immer wohl kaum. Überall sagen die Menschen 'schon immer', wenn sie von Traditionen sprechen, und dann forscht man nach und sie sind keine 200 Jahre alt“, entgegnete Lia.

„Dann forsche doch nach, wenn du möchtest.“

„Versuche ich ja gerade. Was bedeuten die Symbole? Der Kreis aus Ringen zum Beispiel."

„Das ist ein Auge. Es beschützt gegen das *'nfascinu*, den bösen Blick. Zu mir kommen viele Leute. Sie erwarten von mir, dass ich mich gegen den bösen Blick schützen kann. Außerdem ist ein Kreis vollkommen und hat weder Anfang noch Ende."

„Aha. Und die anderen? Die Suppenterrine?"

„Lia, ich bitte dich! Das ist ein Kelch oder der Heilige Gral, aus dem die Heilige Dreifaltigkeit strömt. Die drei Kreise stellen die Dreifaltigkeit dar, so wie alles mit der Zahl Drei, auch Dreispitze oder Dreiecke. Das Symbol auf dem mittleren Dach ist ein Lebensbaum, der die Unterwelt mit unserer Welt und dem Himmel miteinander verbindet."

„Das ist jetzt spannend." Lia sah interessiert auf. „Der Lebensbaum, der die drei Weltebenen miteinander verbindet, ist ein uraltes Symbol, das es so bereits im alten Mesopotamien gibt, und auch in ganz Europa ist es bereits in vorchristlicher Zeit verbreitet."

„Sag ich doch."

Nico und Alessandra kamen regelmäßig vorbei und blieben auch gerne zum Abendessen. Am darauf folgenden Abend, es hatte eine Zucchinifrittata und einen Auberginenauflauf gegeben, dazu frisch gebackenes Brot und Ricotta (wie immer alles aus eigener Produktion), erzählte Zia Jann ihnen die folgende Geschichte:

„Eines Nachts träumte ein Mann namens Corigliano, der trotz aller Anstrengungen mit dem Land, das er beackerte, kaum seine Familie ernähren konnte, vom Teufel, der ihm im Austausch für seine einzige Tochter Gold im Überfluss versprach. Dazu müsse er zusammen mit seiner Tochter an einen bestimmten Ort gehen und dort graben. In der

Morgendämmerung ging Corigliano mit seiner Tochter an den Ort, der ihm im Traum beschrieben worden war und begann zu graben. Plötzlich kam einen starker Wind auf und schleuderte Vater und Tochter zu Boden. Der Teufel fuhr in den Körper des Mädchens ein und veränderte ständig ihr Aussehen: von der Ziege zum Hund, dann von der Katze zum Schwein, vom Kaninchen zur Eidechse. Nun hatte Corigliano zwar viel Geld, aber seine Tochter fuhr fort, sich kontinuierlich zu verwandeln. Er empfand Reue für seine Tat und brachte seine Tochter zum Priester, um den Teufel zu bannen. 'Weiche, Satan, Erfinder und Lehrmeister jeglicher Falschheit, Feind des menschlichen Heils!', rief er. Aber der Teufel antwortete: 'Ich will eine Glocke läuten.' Der Pfarrer setzte seine Flüche fort: 'Weiche, Satan, Erfinder und Lehrmeister jeglicher Falschheit, Feind des menschlichen Heils!' und der Teufel entgegnete mit Forderungen: 'Lass mich spielen!' Plötzlich gab es einen lauten Knall und ein starker Wind schleuderte all die Leute, die sich inzwischen neugierig genähert hatten, auf den Boden. Auch der Teufel wurde hinfort gefegt. Anschließend erhielt das Mädchen ihr ursprüngliches Aussehen zurück, aber als sie den Menschen begegnete, denen sie als Tier erschienen war, sprach sie sie auf ihr Verhalten an: 'Als ich ein Huhn war, hast du mich getreten, entschuldige dich bei mir!' oder 'Als ich ein Esel war, hast du mich mit der Peitsche gezüchtigt, du musst dich bei mir entschuldigen!' oder 'Als ich ein Hund war, hast du mich einen Bastard geschimpft, jetzt erwarte ich deine Entschuldigung!' und 'Als ich eine Eidechse war, trenntest du meinen Schwanz ab, bitte mich um Verzeihung!' und so weiter."

„Es gibt hier sehr viele Legenden, die sich um vergrabene Schätze ranken, oder?", fragte Lia.

„Oh ja, einige", antwortete Alessandra an Zia Janns statt.

„Ich denke, das hat mit den ganzen archäologischen Stätten hier zu tun. Die Menschen finden, was weiß ich, kostbare Grabbeigaben und können sich nicht vorstellen, woher sie kommen, gleichzeitig machen ihnen die Fundumstände Angst, und so entstehen diese Geschichten."

„Für mich bedeutet diese Geschichte", wand Zia Jann ein, „dass man seine Mitgeschöpfe achten und nicht misshandeln soll. Und natürlich, dass man Familie und Freunde nicht für alles Geld der Welt verrät."

Die Katzen kamen tatsächlich noch immer, trotz der Anwesenheit Sgubbàts. Der Hund machte einfach einen Bogen um die Katzen. Zu jedem Zeitpunkt befanden sich mindestens ein Dutzend Katzen auf dem kleinen Hof vor dem Haus, schliefen, räkelten und putzten sich. Alle wurden mit durchgefüttert, bis sie nach ein paar Tagen oder auch Wochen wieder fortgingen. Nur Cicero, ein großer grauer Kater ging niemals fort, warum auch, wenn all die Katzen sich bei ihm einfanden. Gelegentlich kam jemand aus der Umgebung vorgefahren, der seine entlaufene Katze suchte, und wurde zumeist auch fündig. Manchmal erschienen auch verletzte Katzen und ließen sich gesundpflegen, um dann wieder zu verschwinden. Auf die gleiche Weise war auch Sgubbàt auf den Hof gekommen: eines Morgens hatte ein winselnder junger Hund vor der Tür gestanden, der erst kürzlich ein Vorderbein verloren haben musste. Zia Jann hatte auch ihn gesundgepflegt und er war geblieben. Im Winter half sie den Igeln zu überwintern und im Sommer stellte sie Tränken für die Bienen auf.

Indes kamen nicht nur Tiere, um um Hilfe zu bitten. Eine Woche nach der Beerdigung von Onkel 'Ncìccu fand sich eine ältere Frau ein, mit ihrer kleinen Enkeltochter auf dem einen und einem Tablett voll selbstgemachter *orecchiette*, Öhrchennudeln, auf dem anderen Arm. Nach einer großen Familienfeier mit vielen Gästen sei die Kleine etwas empfindlich, habe Bauchschmerzen, sei leicht reizbar, erzählte sie Zia Jann. Ob sie vielleicht ein *'nfascinu* abbekommen habe, einen bösen Blick?

„Das lässt sich leicht klären, setzt dich erstmal. Lia, machst du uns bitte einen Kaffee?"

Das weitere Gespräch entging Lia in weiten Teilen, obwohl sie neben dem Küchentisch am Herd stand; es fand nämlich im Dialekt statt. Zia Jann begrüßte das Kind, legte ihm die Hand auf die Stirn und ging dann zum Küchenregal, um eine Schüssel zu holen, sie mit Wasser zu füllen und vor sich auf den Küchentisch zu stellen. Sie bekreuzigte sich, sprach ein kurzes Gebet und nahm dann ein kleines Gefäß mit Olivenöl zur Hand, tauchte den Zeigefinger hinein und ließ, ebenfalls in Kreuzform, einige Tropfen Öl in das Wasser tropfen. Daraufhin betrachtete sie die Öltropfen einige Zeit lang, aufmerksam beobachtet von der Besucherin mit dem Kind auf dem Arm und skeptisch beobachtet von Lia. Dann nahm sie weiteres Öl mit ihrem rechten Daumen auf und machte damit das Kreuzzeichen auf die Stirn des Kindes. Erst dann wandte sie sich wieder an dessen Großmutter. Aus dem, was Lia verstand, folgerte sie, dass die Tante meinte, das Kind wäre tatsächlich vom bösen Blick betroffen, der aber jetzt gebannt sei, das Kind würde jetzt wieder besser schlafen. Die Frau trank ihren Kaffee aus, bedankte sich, ließ zum Dank die *orecchiette* da, für die sich wiederum die Tante herzlich bedankte, und fuhr davon.

„Was war das denn? Was war mit dem Kind? Und", Lia zögerte, „was hast du gemacht?"

„Die meisten Menschen kommen mit Kindern zu mir. Kinder ziehen am ehesten ein *'nfascinu* auf sich; sie sind empfindlich."

„Ok, einfach mal angenommen dieses *'nfascinu* gibt es wirklich. Aber wer würde denn ein Kind mit einem bösen Blick belegen, noch dazu auf einem Familienfest?"

„Ach, das muss gar nicht absichtlich geschehen. Ein anerkennendes Wort, ein bewundernder Blick, vielleicht auch insgeheim und unbewusst mit etwas Neid gespickt, und schon ist der *'nfascinu* da. Ich kann es daran erkennen, wie das Öl auf dem Wasser schwimmt. Und mit einem Segen und dem passenden Gebet geht es wieder weg. Ich habe es von meiner Mutter gelernt, wie alles andere auch, und die hat es von ihrer Mutter gelernt und so weiter."

Lia fühlte sich an mittelalterliche Praktiken erinnert, von denen sie gelesen hatte. Sie waren in den meisten Jahrhunderten von der Kirche zwar nicht gebilligt, aber doch geduldet worden. „Aber glaubst du wirklich daran? An den bösen Blick, meine ich, und daran, dass er mit Olivenöl wieder weggeht?"

„Hör mir mal zu mein Kind, so einfach ist das alles nicht. Menschen sind komplizierte Wesen; sie leben nicht für sich allein, sondern in der Gesellschaft ihrer Familie, des Dorfes, ihrer Freunde und vielleicht sogar ihrer Feinde. Das meiste von dem, was uns ausmacht, passiert in unserem Kopf. Und wenn man glaubt, den bösen Blick abbekommen zu haben, dann hat man ihn vielleicht auch und fühlt sich unwohl. Und wenn die Angehörigen eines Kleinkindes es denken, dann merkt es vielleicht auch das Kind und fühlt sich verunsichert. Vielleicht hat ihm übertriebene Aufmerksamkeit auf dem Fest wirklich nicht gut getan, wer weiß? Und ob ich Olivenöl oder eine andere Substanz nehme, ist eigentlich egal. Wichtig ist die gute Absicht und die sorgfältig ausgeführte Handlung, das Ritual. Es hat immer funktioniert und es funktioniert auch jetzt, darauf kommt es an."

„Du hast gleich mehrmals 'vielleicht' gesagt in deiner Erklärung", bemerkte Lia.

Zia Jann zwinkerte listig. „Ich bin eine alte Frau, ich habe vielleicht nicht viel von dem, was heute an Wissen verlangt wird, aber ich kenne die Menschen und das ist mir wichtig. Bei Menschen gibt es immer viele Ungewissheiten."

„Funktioniert es wirklich immer? Sei ganz ehrlich!"

Zia Jann seufzte vernehmlich. „Nein, nicht immer. Wer zu mir kommt, muss es wirklich wollen. Wenn jemand nicht glaubt und sich sträubt, hilft es auch nicht. Ich hatte mal eine Touristin hier, das hat gar nicht geklappt. Die Leute müssen mir schon vertrauen. Es ist auch schwierig, wenn die Menschen verschlossen sind und ich sie nicht richtig einschätzen kann."

„Und wie, glaubst du, kann es funktionieren?"

„Stell dir mal ein anderes Beispiel vor", fuhr Zia Jann fort, „zwei Menschen streiten sich, ein Ehepaar, oder Kind und Eltern, wegen einer Kleinigkeit. Der eine war gereizt, der andere hat sich reizen lassen und jetzt ist die Luft dick und keiner will Schuld sein. Ist es da nicht eine wunderbare Sache, wenn man sagen kann: 'Da ist der *'nfascinu* dran schuld, der böse Blick, keiner von uns wollte streiten, eigentlich gab es gar keinen Grund'. Und mit einem kleinen Ritual lassen sich dann die Wogen glätten. Du kannst sehen, wie die Spannung von den Leuten abfällt. Natürlich geht das nur, wenn keine ernste Ursache für die Streitigkeiten vorliegt, denn dann muss man sie herausfinden und den Menschen die Möglichkeit geben, sie erst zu erkennen und dann zu lösen. Und genau da komme ich ins Spiel, herauszufinden, was die

Menschen wirklich antreibt und bedrückt, und ernste Probleme von einer bösen Laune zu unterscheiden. Wenn du es dir recht überlegst, ist der *'nfascinu* doch genau das: eine böse Laune, die es aufzulösen gilt."

„Du bist ganz schön klug, Zia!", gestand Lia ein. „Eine andere Frage: Die Frau hat dir Pasta mitgebracht. Geschieht das oft?"

„Alle bringen etwas mit. Ich verlange nichts, aber den Leuten ist es wichtig, etwas im Austausch dazulassen. Es ist wie ein Handel, genau so, wie wenn ich meinen Wein und meinen Honig eintausche. Was meinst du, wie ich mein Olivenöl und diese prachtvollen Salamis da oben bekomme? Ich habe keine Olivenbäume und schlachte auch nicht selber. Nur Geld nehme ich grundsätzlich nicht an."

„Wie bezahlst du eigentlich deine Rechnungen?"

„Mein lieber 'Ncìccu, Gott habe ihn selig, hatte eine kleine Rente und jetzt bekomme ich wohl eine kleine Witwenrente. Ich brauche nicht viel, das meiste gibt das Land mir oder ich bekomme es im Austausch gegen meine Produkte oder meine Dienste. Je mehr Geld, desto mehr Sorgen. Und jetzt komm, treib die Schafe in den Stall und sieh zu, dass die Hühner drinnen sind; ich höre schon die Füchse einander rufen. Ich gehe ein bisschen Gemüse aus dem Garten holen und fange mit dem Kochen an. Es ist Zeit fürs Abendessen. Du musst doch Hunger haben. Hast du Wein kaltgestellt? Ich mag nicht, wenn er zu warm ist."

ت

Chalfun al-Barbari war unser unangefochtener Anführer. Er stammte aus dem Stamm der Berber in den Bergen Ifriqiyas und war, wie die meisten dieses noblen Kriegervolkes, hochgewachsen und sehr stark. Mit seinem militärischen Geschick gelang es uns nach nur kurzer Belagerung, die Hafenstadt Bari zu erobern und unter unsere Kontrolle zu bringen. Unbemerkt hatten wir uns eines Nachts durch die Kanalisation in die Stadt geschlichen. Es stand außer Frage, dass Chalfun der Stadt und ihren Untertanen als Emir vorstehen sollte. Er war ein guter Heerführer und ein starker Verteidiger. Er versprach dem Bischof von Bari, dass alle Bewohner ihren Glauben ungehindert weiter ausüben konnten und dieses Versprechen brach er niemals. Unter Chalfuns Anweisungen wurden die Festungsmauern sowie zahlreiche Kastelle rund um Bari ausgebaut. Die Hafenmauern wurden verstärkt und der Hafen entwickelte sich zu einem Magneten für Kaufleute. Chalfun war hart, aber zumeist gerecht zu seinen Untertanen, obwohl sein ausschließlich militärischer Werdegang seinen Entscheidungen manchmal durchaus auch grausame Züge gab. Elf Jahre lang leitete er das Geschick der Stadt, bis er krank wurde, drei Tage und Nächte lang Blut spuckte und schließlich von uns ging. Gerüchten zufolge soll es bei seiner Krankheit nicht mit rechten Dingen zugegangen sein, aber Näheres habe ich nie in Erfahrung bringen können.

Mufarrag ibn Sallam folgte ihm als Emir nach. Wenn Chalfun ein starker Verteidiger der Stadt und des Umlands gewesen war, so war Mufarrag zunächst ein Mann der Wirtschaft. Unter seiner Ägide entwickelte sich Bari zu einer Perle am Adriatischen Meer. Ganze Handelsflotten liefen das ganze Jahr über ein und aus und brachten die Güter Syriens, Arabiens und Persiens nach Italien, im Austausch gegen den hiesigen Weizen, Olivenöl und Sklaven. Mufarrag hatte Brunnen an jeder Straßenecke platzieren lassen sowie den Bau der Großen Moschee veranlasst, deren mit glasierten Kacheln überzogene Kuppel in der Sonne glänzte und deren Minarett hoch über der Stadt aufragte. Die Christen besuchten weiterhin die byzantinischen und lateinischen Kirchen in ihren jeweiligen Vierteln und die Juden ihre Synagoge. Die Läden in den Straßen des Basars, der sich vom Hafen her quer durch die Stadt zog, quollen über von Spezereien, kostbarem Tuch aus Seide und Baumwolle, edlen Weinen aus Shiraz, feinem Falerner aus Kampanien, kostbaren Glasgefäßen, bunten Kacheln, duftenden Essenzen, heilenden und berauschenden Kräutern und noch vielem mehr. In jeder Straße war mindestens ein Münzwechsler damit befasst, die verschiedenen Währungen aus aller Herren Länder abzuwiegen und zu tauschen.

In diesen glücklichen Zeiten widmete ich mich endlich wieder meinen Forschungen und Studien. Ich las erneut die großartigen Werke Jabir ibn Hayyans, den ich für den größten aller Alchemisten halte, und Khalid ibn Yazids, sowie die Enzyklopädie der Brüder der Reinheit, die ich aus Ifriqiya mitgebracht hat-

te. Im Gegensatz zu den anderen Manuskripten in meinem Besitz ließ ich sie nicht von Schreibern kopieren und in meiner bescheidenen Buchhandlung verkaufen. Diese Texte galten den Eingeweihten. Jabir ibn Hayyan schreibt in seinem Buch der Steine: „Die Texte sollen verwirren und in den Irrtum führen, außer für diejenigen, die Gott liebt und für die er sorgt."

Die Tage verbrachte ich in meinem Laden, die Nächte verbrachte ich mit Experimenten. Ich konstruierte einen Athanor, ferner ließ ich mir einen Alambic aus reinstem Kupfer schmieden und reinigte, destillierte, kalzinierte, sublimierte und aerifizierte die Minerale: Quecksilber, Ammoniak, Arsensulfat und Schwefel, die Metalle: Gold, Silber, Kupfer, Eisen, Blei und Zinn, die Steine: Pyrit, Eisenoxid, Azurit, Malachit, Türkis, Hämatit, Arsenoxid, Bleisulfat, Glimmer, Asbest, Gips und Glas, das schwarze, weiße, grüne, gelbe und rote Vitriol, Borax und auch die Salze. Dann die organischen Stoffe: Haar, Kopfhaut, Gehirn, Galle, Blut, Milch, Urin, Eierschalen, Horn und Muschelschalen. Ich suchte nach dem al-Iksir sowie nach dem Panazee, dem Allheilmittel, und dem Alkahest, dem universalen Lösungsmittel. Freilich fand ich weder dieses noch jenes, doch zumindest entdeckte ich ein nützliches Mittel, um Tinte auf Papier unsichtbar zu machen, wenn einer meiner Kopisten sich mal wieder verschrieben hatte, sowie einige nützliche Farbstoffe und Tinten für strahlendere Illustrationen. Außerdem stellte ich ein Destillat her, welches Verletzungen vor Wundbrand schützte. Denn wie Jabir ibn Hayyan in seinem Buch der Steine schreibt: „Das Wesentliche in der Chemie ist, praktische Arbeit zu tun und Experimente zu machen. Denn wer nicht praktische Arbeit oder Experimente durchführt, wird niemals die geringste Beherrschung erreichen."

Dabei versäumte ich niemals die Meditation und die philosophische Reflexion, um neben der äußeren auch die innere Alchemie nicht zu vernachlässigen und in der Transmutation des Geistes meinen inneren, den wahren, Stein der Weisen zu finden.

Als nunmehr gesetzter und ehrwürdiger Kaufmann wurde es nun langsam Zeit für mich zu heiraten, daher ehelichte ich die Tochter eines angesehenen Wein- und Sklavenhändlers. Wer nie jagte und nie liebte, nie den Duft der Blumen suchte und nie beim Klang der Musik erbebte, ist kein Mensch, sondern ein Esel. Ablah, die Perfekte, gebar mir in den folgenden Jahren sieben Kinder.

Der Emir Mufarrag, der schon immer ein frommer und gottesfürchtiger Mann gewesen war, wurde in den Jahren seiner Herrschaft immer religiöser. Der Bau der Großen Moschee war unzweifelhaft eine große und wichtige Tat. Allein vergaß er mit der Zeit, dass die Handelsmacht Baris auf der Kooperation aller Händler und Handwerker, die hier ansässig waren, beruhte, seien es Berber, Syrer, Spanier, Kreter, Sizilianer, Mauren, Juden, Griechen, Römer, Franken oder Normannen, denn all jene lebten zu der Zeit in Bari und trieben dort regen Handel. Mufarrag jedoch erlegte den Einwohnern Baris mehr und mehr religiöse Gebote auf und griff zunehmend in das Leben seiner Untertanen ein. Ein Händler erträgt vieles, doch einen Eingriff in sein Auskommen duldet er nicht: als Mufarrag nach fünf Jahren seiner Herrschaft den profitablen Weinhandel unterbinden wollte, wurde er von einer Abordnung von Bareser Kaufleuten, die alle Bevölkerungsgruppen der Stadt repräsentierten, gemeuchelt. Man hatte ihm vergiftete Datteln aus Palmyra als Geschenk gereicht.

Da ich ein angesehener Kaufmann im besten Alter war, als Gelehrter galt, einer der ersten in der Gefolgschaft des ersten Emirs Chalfuns war und nicht zuletzt meine Liebe zum Rebensaft hinreichend bekannt war, so dass in dieser Hinsicht für den Handel nichts zu befürchten war, machten mich die einflussreichen Bürger Baris im Jahre 243 nach der Hedschra des Propheten Muhammad, gepriesen sei sein Name, zu ihrem Anführer, Förderer und Beschützer. So wurde ich, Sawdan al-Mazari ibn Yunis al-Harrani, zum Emir von Bari.

IV

Die Krähe kam beinahe jeden Tag und brachte fast immer ein kleines Geschenk mit: eine Glasscherbe, eine bunte Perle, eine kleine Figur, auch einmal einen Ohrring. Der Vogel schien genau zu wissen, was menschengemacht war und was nicht. Seine Geschenke waren immer ersterer Art, im Gegenzug bediente er sich beim Katzenfutter im Hof. Zia Jann bewahrte all die kleinen Gegenstände in einer kleinen Pappschachtel auf. „Krähenschatz" nannte sie die Sammlung.

Manche litten unter Rücken- oder Bauchschmerzen, andere unter Schlaflosigkeit, wieder andere unter Liebeskummer und manche suchten Entscheidungshilfe in wichtigen Fragen. Zia Jann kannte sich gut mit Heilkräutern aus, von denen sie eine große Anzahl selber anbaute oder die wild in der Gegend wuchsen: Schafgarbe, Myrte, Stranddistel, Zistrose, Weinraute, Baldrian, Olivenblätter, Süßholz, Engelwurz, Johanniskraut, Ringelblume, Kamille, Melisse, Quendel, Königskerze, Salbei, Beinwell und was nicht sonst noch alles. Lia ließ sich von ihr zeigen, welche Pflanzen sich für Tees eigneten und welche für das Ansetzen von Kräuterweinen, wie man Kräuter mit Öl ansetzte oder Salben zur äußerlichen Anwendung mischte oder wie man Kräuterhonig herstellte, um Hals-kratzen oder Husten zu lindern. Fallweise schickte Zia Jann die Ratsuchenden direkt zum Arzt, denn mehr als Hausmittel für Alltagskrankheiten zu empfehlen wollte sie sich nicht anmaßen. Die meisten Menschen kamen allerdings nicht wegen körperlichen Unwohlseins, sondern um Rat zu suchen. Lia hatte den Verdacht, dass auch bei denen, die wegen Bauchschmerzen oder Schlaflosigkeit kamen, das Gespräch und ein Ritual mehr half als einer der Tees und dass darin der eigentliche Anlass für ihren Besuch lag. Zumal sie Zia Janns Begabung, unter die Oberfläche der Menschen zu blicken, kannten. Manche erzählten ihr auch von ihren Träumen und baten sie um eine Interpretation.

Eine der Techniken, die Zia Jann regelmäßig anwendete, war das Eiweißritual. Dazu wurde ein Eiweiß in ein großes Glas mit Wasser gegeben. Das Eiweiß zog Schlieren und bildete verschiedene Formen, die interpretiert werden konnten. Wie nebenbei plauderte sie beim gemeinsamen Begutachten der milchig-schleimigen Muster mit den Besuchern, stellte Fragen und hörte zu. Lia kannte ihre Tante mittlerweile gut genug, um zu verstehen, dass sie nicht glaubte, tatsächlich in einem Glas das Schicksal sehen zu können. Das hätte sie so auch niemals behauptet. Aber am Ende einer Sitzung – Zia Jann hätte auch dieses Wort niemals benutzt – waren Probleme analysiert, Ursachen gefunden und Entscheidungen gefällt worden.

Unterdessen kam Alessandra häufiger auch ohne die Begleitung ihres *zit* Nico zu Besuch. Die beiden jungen Frauen waren sich sofort sympathisch. Alessandra arbeitete als Buchhändlerin in einem kleinen antiquarischen Buchladen in Tarent. Es war ein recht kleiner Laden, und Alessandras Meinung nach war ihre Arbeit nicht halb so spannend wie sie klang. Sicher, gelegentlich gingen einige wirklich alte Bücher durch ihre Hände; das waren dann meistens Abhandlungen aus dem 17., frühesten 16. Jahrhundert, manchmal doch recht spannende Sachen, das musste sie eingestehen. Aber der Großteil des Sortiments bestand aus Publikationen aus dem frühen 20. Jahrhundert, medizinische oder technische Lehrbücher, Kataloge, Koch- und Haushaltsbücher, ganz selten mal die Erstauflage eines erfolgreichen Romans. Der Besitzer des Antiquariats stammte aus einer wohlhabenden Familie und hatte die Einkünfte eigentlich gar nicht nötig; das Ladenlokal wie auch das gesamte Haus, das darüber lag, gehörte ihm. Signor Blasi betrieb das Antiquariat aus Leidenschaft; um sich nicht ganztags an das Geschäft zu binden und um in der Lage zu sein, Messen, Versteigerungen und Kongresse zu besuchen, beschäftigte er eine ausgebildete Buchhändlerin, Alessandra eben. Alessandra mochte ihre Arbeit recht gern; ihre wahre Leidenschaft war jedoch die Speläologie.

„Spe-was?", hatte Lia zu Anfang gefragt.

„Speläologie. Höhlenforschung. Wusstest du, dass die ganze Region hier, von Bari bis runter in den Salento, von Tarent bis zur Adriaküste auf der anderen Seite, von Höhlen durchzogen ist? Die berühmteste ist die Grotta Castellana in der Stadt Castellana Grotta – man beachte den Einfallsreichtum bei der Namensgebung – , aber der ganze Untergrund hier ist löchrig wie ein Schweizer Käse. Weißt du, warum es in Apulien keine Flüsse gibt? Sie sind alle unterirdisch! Und wie das Wasser machten es auch die Menschen: Es gibt Höhlenkirchen, Höhlenklöster, ganze Höhlenstädte. In der Gegend von Martina Franca gibt es ein militärisches Sperrgebiet, in dem sich eine komplett unterirdische Basis in natürlichen Höhlen befinden soll. Im Kalten Krieg soll sie sehr wichtig gewesen sein als Überwachungszentrale der NATO für den ganzen Mittelmeerraum; heute benutzen die ja lieber Satelliten und Drohnen."

„Und die erforschst du in deiner Freizeit?"

„Die im militärischen Sperrgebiet natürlich nicht. Aber die anderen.

Wir haben einen Verein mit verschiedenen Spezialisten, der auch Kurse und Exkursionen veranstaltet. Höhlen sind nicht ungefährlich, weißt du? Viele Höhlen werden auch von unerfahrenen Hobbyforschern beschädigt. Manche Höhlen sind wichtige Lebensräume für Tiere, andere sind interessant für Historiker und Kunstgeschichtler."

„Spannend! Nimmst du mich mal mit?", erkundigte sich Lia.

„Wenn wir wieder eine Exkursion organisieren, klar. Einige gut zugängliche Höhlen kann man auch so besichtigen, bei manchen muss man die Besitzer fragen, andere sind richtige Museen mit Führung. Ich guck mal was sich machen lässt."

„Magst du ein Glas Wein?"

„Ist der Papst katholisch?"

Es gab kein Telefon in Zia Janns Haus, erst Recht keinen Fernseher. Lia versuchte hartnäckig, ihre Tante dazu zu überreden, sich ein Handy anzuschaffen, bisher jedoch ohne Erfolg. Am meisten vermisste Lia den Internetzugang. Auch hier war sie erfolglos geblieben. Zia Jann hatte ein Radio und basta. Also fuhr Lia regelmäßig nach Martina Franca, um eine Zeitung zu kaufen und halbwegs auf dem Laufenden zu bleiben.

„Aber Tante, wenn im Winter alle Nachbarn ihre Sommerhäuser verlassen haben und in der Stadt sind, wirst du hier ganz isoliert sein. Dann brauchst du doch einen Telefonanschluss!", versuchte sie Zia Jann zu überzeugen.

„Im Winter brauche ich keinen Telefonanschluss, der hält mich auch nicht warm. Im Winter brauche ich Holz. Was mich daran erinnert: Hinten an der Mauer, ganz am Ende, liegen einige Baumstämme und Äste. Die müssen für den Winter zugeschnitten und gestapelt werden.

Zweige brauchen wir auch. Die vom Beschneiden der Bäume liegen noch alle auf einem Haufen am Ende des Grundstücks rum. Die müssen auch zugeschnitten und gelagert werden. Aber das wird nicht reichen. Wir brauchen mehr Holz."

„Zia, es ist Juni! Es sind fast 30 Grad im Schatten."

„Eben drum. Das Holz muss trocken und fix und fertig gelagert sein, bevor der Herbst beginnt. Alles, was wir jetzt tun, ist doch irgendwie eine Vorbereitung auf den Winter, oder?"

Ebensowenig wie sie sich zur Anschaffung von Telekommunikationsgeräten überreden ließ, war Zia Jann davon abzuhalten, alle ihre Erledigungen außerhalb des Hauses mit dem Fahrrad, einem alten Modell ohne Gangschaltung oder sonstigem Schnickschnack, zu erledigen. Kein Mensch nutzte hier das Fahrrad als Transportmittel, dafür waren die fahrradweglosen Straßen viel zu eng und die Autos viel zu schnell. Fahrradfahrer gab es hier nur in Form von als Rennfahrern verkleideten Männergruppen, na gut, vielleicht war auch der ein oder andere echte Sportler darunter. Neuerdings sah man auch Touristen, die mit dem Fahrrad die Gegend erkunden. Aber eine alte Frau, gemächlich in die Pedalen tretend und ein wenig wackelig? Lia und Nico waren der Meinung, sie solle lieber einen von ihnen bitten, sie zu fahren, wenn sie ein Transportmittel brauchte. Aber Zia Jann schätzte ihre Unabhängigkeit und war der Meinung, dass es sich ohnehin niemand trauen würde, sie umzufahren, dafür habe sie einen zu sybillinischen Ruf.

Die Arbeit hörte niemals auf. Holz hacken, Früchte trocknen, Tiere füttern, melken, käsen, ernten, einkochen. Manchmal kam Lia morgens kaum aus dem Bett. So gerne hätte sie mal ausgeschlafen, sich einfach im Bett umgedreht. Aber das wäre ihr dann doch zu beschämend gewesen. Dafür war das Essen unbezahlbar. Auch an diesem Abend, an dem Zia Jann die folgende Geschichte erzählte:

„Bei Tarent gibt es ein Dorf, in dem steht ein großer Felsbrocken, welchem man noch heute einen Besuch abstatten kann und der der Legende zufolge durch die Hilfe der Jungfrau Maria vom Himmel gefallen ist, um einen maurischen Sklaven von seinem tyrannischen Halter zu befreien. Jener Sklave war dazu gezwungen, schwere Lasten vom Dorf bis zu den Feldern seines Herren zu schleppen, behindert durch eine schwere Kette, die seine Füße miteinander verband. Der Sklave flehte eines Tages, an dem er die Last nicht mehr zu tragen vermochte, die Heilige Mutter Gottes um Hilfe an und entbot ihr im Gegenzug seinen Übertritt zum christlichen Glauben. In diesem Moment fiel ein schwerer Steinbrocken vom Himmel genau auf die Kette, zerbrach diese und gab den Sklaven frei. Dieser hielt sein Versprechen, das er der heiligen Jungfrau Maria gegeben hatte, bat beim Priester um die Taufe und wurde am Sonntag darauf in einer Prozession durch das Dorf zur Kirche geleitet und dort nach einer ergreifenden Zeremonie getauft. In der Nähe der Stelle, an der das Wunder passierte, steht heute noch eine Kirche, die der Madonna der Sklaven gewidmet ist und wo die Menschen noch immer am Stein, der vom Himmel fiel, beten. Manche bringen eine Feile mit, um den Steinstaub mit nach Hause nehmen zu können."

„Ein Meteorit?", fragte Lia.

„Ein Stein vom Himmel. Sei nicht immer so pragmatisch. Auf jeden Fall ein Ort, der manchen Menschen ihre Sorgen nimmt."

„Lapis exilis", kommentierte Lia knapp.

„Wie bitte?", fragte Zia Jann.

„Das ist Latein und heißt: Stein, der vom Himmel gefallen ist. Angeblich das hervorstechende Charakteristikum des Steins der Weisen, der Gold machten kann und das ewige Leben verheißt."

„Siehst du? Jetzt bist du es, die es mit der esoterischen Überlieferung übertreibt."

ث

Als Emir von Bari lag mein Hauptaugenmerk auf der Förderung der Landwirtschaft und der notwendigen Landreform: ich führte die künstliche Bewässerung ein und den großflächigen Anbau von Weizen, Pistazien, Zitrusfrüchten und Baumwolle für den Handel sowie Maulbeerbäumen für die Seidenproduktion. Ich nahm mir allerdings vor, nicht nur den Handel, sondern auch die Bildung im Emirat zu fördern und zu erweitern. Zu diesem Zweck ließ ich eine Akademie errichten und den Bau einer Bibliothek in Auftrag geben, beides nach dem Vorbild des Hauses der Weisheit in Harran. Die Bibliothek wollte ich mit den Abschriften aus meiner Buchhandlung erweitern und ich trug allen Kaufleuten auf, von ihren Handelsreisen auch die Schriften der Gelehrten aller Länder mitzubringen. Auch trug ich ihnen auf, Informationen über alle Länder, Meere, Inseln, Berge, Städte und Handelswege zu sammeln, um eine umfassende Karte der bekannten Welt zeichnen zu lassen. Ich ließ eine Papiermühle bauen, um Papier in großen Mengen herstellen zu können, da die Menschen in diesem Lande diese großartige Erfindung aus dem Osten nach wie vor nicht kannten und weiterhin auf Vellum schrieben. Übersetzer und Kopisten vervielfältigten die Werke so großer Gelehrter wie Pythagoras, Platon, Aristoteles, Hippokrates, Euklid, Plotin, Galen, Archelaos, Sokrates, Hermes, Simplikios, Damaskios, Abu Yusuf Yakub al-Kindi und Abu Dscha'far al-

Chwarizmi, überdies die Enzyklopädie des Zosimus und noch einiges mehr. Alle Schriften ließ ich zweisprachig kopieren, arabisch auf der einen, griechisch auf der anderen Seite, um allen gelehrten Menschen den Zugang zu diesem Wissen zu ermöglichen. Ich selber übersetzte einige der kürzeren Werke, wenn die Regierungsgeschäfte es zuließen, aus dem Griechischen. Das Haus der Weisheit selber und die Bibliothek sollten in einem großen, prachtvollen Gebäude unterkommen, in denen ein Säulengang einen großen Hof umschließt, in dem die Gelehrten umher wandeln und sich austauschen können. Von diesem Säulengang sollten viele kleinere und größere Räume abgehen, Arbeitsräume für die Übersetzer und Kopisten, des Weiteren die Räume der Bibliothek selber.

Jedoch sollte diese Bibliothek, mein größtes und ambitioniertestes Projekt, mein geliebtes Harran in Bari, nie fertiggestellt werden; sie fiel noch vor ihrer Vollendung der barbarischen Zerstörung anheim.

Alldieweil musste ich mich auch mit der Sicherung und Erweiterung meines Territoriums befassen. Der Fürst von Benevent, Adelchis mit Namen, weigerte sich, meine Ansprüche anzuerkennen und verbündete sich mit den Neapolitanern gegen Bari. Adelchis war der Sohn eben jenes Radelchis von Benevent, der uns damals gegen die Byzantiner zu Hilfe gerufen hatte und wegen dessen Bitte um militärische Unterstützung wir nach Bari gelangt waren. (Die Franken haben eigenartige Namensbräuche, sowohl der Vater als auch der Sohn des Adelchis wurden Radelchis genannt - gab es denn in der fränkischen Sprache nicht genügend Buchstaben?) Nun hatte er sich also mit den Neapoli-

tanern zusammengetan. Ich fiel im Gegenzug in die Ländereien Neapels ein und plünderte dessen Burgen, Klöster und Abteien und verkaufte die Gefangenen in die Sklaverei. Adelchis sandte im Jahre 246 ein Heer nach Bari aus, aber meine Männer gingen siegreich aus der Schlacht hervor, nahmen sogar den Fürsten gefangen und brachten ihn in meinen Palast.

Adelchis indes erwies sich als ein Mann von Kultur, Anstand und Gelehrsamkeit. Allen Hindernissen zum Trotz verstanden wir uns gut. Wir verbrachten Stunden mit anregenden Gesprächen über die Förderung der Landwirtschaft, über Themen der Bewässerung und Fragen der Regierung, denn der Fürst von Benevent sprach gutes Griechisch. Allen persönlichen Sympathien zum Trotz, als nichtsdestoweniger gefährlichen politischen Gegner konnte ich ihn schlechterdings nicht einfach ziehen lassen. Im Gegenzug für seine Freilassung und mein Versprechen, sein Territorium forthin unberührt zu lassen, musste er mir jährlich Tribut zahlen und zur Sicherheit eine Geisel stellen, die Bari im Gegenzug vor Einfällen aus dem Fürstentum Benevent bewahren sollte. Denn damals rechnete ich noch nicht mit der Ruchlosigkeit des niederträchtigen fränkischen Kaisers Ludwig.

Nach zähen Verhandlungen musste Adelchis einwilligen, dem Emirat Bari seine eigene junge Tochter Ageltrude als Geisel zu stellen. Im Gegenzug schwor ich, Wahayat Allah, beim lebendigen Gott, sie ehrenhaft und zuvorkommend zu behandeln und sie vor Nachstellungen jeglicher Art zu beschützen. Diesen Schwur habe ich niemals gebrochen.

Ageltrude und ihre Zofen bezogen einen eigenen Flügel in meinem Palast, mit einem eigenen Garten vol-

ler Rosen, Orangenbäume und Granatäpfel sowie einem aufgrund geschickter Ingenieurskunst stets sprudelnden Brunnen. Ein eigenes Hammam ließ ich ihr und ihren Damen errichten. Eunuchen bewachten streng ihren Palastflügel. Gleichzeitig gewährte ich der Prinzessin alles, was sie für ein luxuriöses Leben brauchte. Sie, die aus den grauen Burgen des Nordens stammte und somit nicht gerade verwöhnt war, war erstaunt über die Pracht und den Luxus, der ihr zur Verfügung stand. Da sie des Lesens durchaus mächtig war, hatte sie auch Zugang zu den Schriften meiner Bibliothek. Ich glaube behaupten zu können, dass Ageltrude keinen Tag Grund zur Klage hatte. Zumindest ertrug sie ihr Exil stoisch und mit Würde.

V

An dem Tag, an dem sie die Kichererbsen geerntet und in der Sonne zum Trocknen ausgebreitet hatten, kam ein Mann mittleren Alters und fragte nach Zia Jann. Das war bereits ungewöhnlich, die meisten Klienten, nein, Besucher, korrigierte Lia sich selber (die Tante würde niemals das Wort Klient verwenden), waren Frauen und wenn mal ein Mann kam, dann war er schon älter. Der hier sah aus wie ein Geschäftsmann im seriösen dunklen Anzug mit seidener Krawatte, was das ganze noch ungewöhnlicher machte. Und er fuhr in einem großen Auto vor, einem sehr großen Auto, eines von denen, die für die Wildnis gemacht schienen, die man in den engen Gassen der Innenstädte aber immer mehr sah, bis diese völlig verstopft waren. Der Mann war nicht sehr groß und wirkte neben seinem riesigen Auto noch kleiner. Dafür trug er eine Armbanduhr in Radkappengröße.

„Die Subspezies kenne ich", dachte sich Lia. „Der gemeine großspurige Fatzke, *Babulus communis inflatus*." Aber er war tatsächlich gekommen, um sich bei Zia Jann Rat zu holen. Während Lia mal wieder am Herd stand und Kaffee kochte, hörte sie mit, wie der Mann erzählte, ihm sei von seiner Mutter empfohlen worden, hierher zu kommen. Sein Problem bestünde darin, dass er ein Jobangebot im fernen Ausland erhalten habe, in Hongkong, sehr gut bezahlte Arbeit mit exzellenten Aufstiegschancen. Aber eben im fernen Ausland, weit entfernt von der Heimat und den Kumpels und seiner alten Mutter.

Gut, seine Schwester seien noch in der Gegend, um sich zu kümmern, täte sie ja auch jetzt bereits, und es sei ja auch nicht für ewig, ein paar Jahre, und dann würde man weitersehen. Aber er könne sich eben nicht entscheiden. Seine Mutter hatte ihm gut zugesprochen, er solle die Chance nutzen, seine Frau war unentschieden genau wie er und die Kinder noch zu jung, um mitzuentscheiden. Zu Lias Verwunderung holte Zia Jann nun nicht das große Wasserglas und ein Ei hervor, wie sie es bei ähnlichen Fällen bereits erlebt hatte, sondern machte eine Verabredung für die kommende Nacht aus: „Komm heute Nacht um Viertel vor Zwölf noch einmal hierher. Dann sehen wir weiter." Mit diesen Worten entließ die Tante Babulus, wie Lia ihn jetzt insgeheim nannte.

Lia sah sie erstaunt an. „Das ist aber äußerst ungewöhnlich. Was hast du vor, Zia?"

„Wir werden das Ritual der Santa Monica durchführen. Ich erzähle dir beim Abendessen, was es damit auf sich hat. Apropos Abendessen, der Herr hat einige Scheiben von hervorragendem Rindfleisch da gelassen. Ich werde sie mit Käse und Kräutern füllen und bis zum Abend in Tomatensauce köcheln lassen – heute Abend gibt es *brasciole*. In der Zwischenzeit müssen wir noch die Kichererbsen von der Spreu trennen. Sei so gut und fang schonmal an, die Pflanzen auf der Plane auszubreiten und darauf herum zu trampeln. Ich komme dann gleich nach. Warum rufst du nicht Nico und Alessandra an, ob sie zum Abendessen vorbeikommen wollen?"

Sie wollten und alle waren sich einig, dass die *brasciole* köstlich waren. Lia nahm einen Schluck Wein. „Was hat es denn jetzt mit der heiligen Mona auf sich?"

„Das Ritual der Santa Monica", präzisierte Zia Jann. „Dir könnte das noch was sagen, Nico, oder?"

Nico schluckte schnell seinen Bissen herunter. „Nicht dass ich wüsste."

„Es handelt sich um eine Zeremonie, die um Mitternacht an einer Wegkreuzung durchgeführt wird, um einem Fragesteller bei der Entscheidungsfindung zu helfen."

„Echter Hexenkram also", unterbrach Alessandra.

„In gewisser Weise schon. Es funktioniert wie die anderen Techniken. Es hilft."

„Und wie geht das von statten? Dürfen wir zusehen?", fragte Lia.

„Wir können nicht so lange bleiben, wir müssen nach Hause", warf Nico sofort ein.

„In Ordnung, Lia", entgegnete Zia Jann. „Wenn du nicht im Weg stehst und ganz leise bist, kannst du dabei sein."

Nach dem Abwasch sagte Zia Jann „Wir haben noch viel Zeit bis Mitternacht. Bis dahin würde ich euch gerne eine Geschichte erzählen, die in der Familie eine lange Tradition hat. So lange könnt ihr auch noch bleiben und zuhören, Nico und Alessandra. Die Geschichte wird seid Generationen von Mutter zu Tochter weitergegeben, aber mir waren ja leider keine Kinder vergönnt. Es heißt, dass hinter der Geschichte ein wahrer Kern stecke, der mit unserer Familiengeschichte zu tun hat. Es geht um einen Schatz, einen wahren, um einen Stein, der einem zu Reichtum und Glück verhelfen kann. Ich glaube nicht an Glück durch Reichtum wie ihr wisst, aber vielleicht ist ja auch gar kein materieller Reichtum gemeint. Die Geschichte von 'Tummà u Sgummà' kommt aus dem Mittelalter, aus der Zeit der arabischen Herrschaft in Bari."

„Aus der Zeit der arabischen Herrschaft in Bari?“, wiederholte Alessandra fragend.

„Klar!“, konnte diesmal Lia punkte., „Bari war im neunten Jahrhundert für einige Jahrzehnte ein muslimisch regiertes Emirat, ebenso wie Sizilien, nur eben nicht so lange.“

„Dann spielt die Geschichte eben im 9. Jahrhundert. Also, Tummà war ein Mann aus der Sippe der Sgummà“, fuhr die Tante fort. „Er kam aus der Gegend von Bari und hatte eine riesige Nase. Daher hatte ihm eine gute Fee ein großes verzaubertes Taschentuch geschenkt. In manchen Versionen ist es statt der guten Fee eine Prostituierte. Ich glaube, das mit der Fee ist die Kinderversion. Dieser Tummà ging nun aus Bari fort ins apulische Landesinnere, also in etwa in diese Gegend hier, um den verlorenen Schatz der *giacomini* zu suchen.“

„Wer sind die *giacomini*?“, unterbrach diesmal Lia.

„Meine Großmutter, Gott habe sie selig, sagte immer, dass es Sarazenen seien“, antwortete die Tante.

„*Giacomini* sind Araber? Warum werden sie so genannt? Giacomo ist doch ein christlicher Name?“

„Ich weiß es nicht. So wurde es mir von meiner Großmutter erzählt, und davor ihr.“

„In Ordnung, entschuldige, fahr fort!“

„Der Schatz sollte aus einem Stein mit besonderen Fähigkeiten bestehen. Tummà aber konnte diesen Schatz, der in einer Höhle versteckt sein sollte – ihr wisst, besonders du, Alessandra, hier gibt es überall Höhlen und Grotten und unterirdische Gänge – , nicht finden und begann daraufhin heftig zu weinen. Als er sein magisches Taschentuch zückte, wuchsen überall dort, wo seine Tränen gefallen waren, Olivenbäume. Deshalb wachsen der Legende nach hier so viele Olivenbäume.

Da erschien ihm ein *laurieddhu* und versprach ihm, den gesuchten Schatz finden zu helfen. Aber trau niemals einem *laurieddhu*!"

Lia musste ihre Tante erneut unterbrechen: „Und was ist ein *laurieddhu*?"

„Manchmal nennt man sie auch *lauru* und ein bisschen weiter im Süden nennt man sie *munachicchi,* Mönchlein. Auf jeden Fall sind sie Wesen, die einen Schatz bewachen und Streiche spielen. Es gibt viele Geschichten von ihnen. Sie sind wie kleine Menschen, leben in Höhlen und unter Steinen und tragen große Kapuzen. Nachts kommen sie und lassen die Hunde frei oder flechten jungen Mädchen und Pferden heimlich kleine Zöpfe ins Haar, während sie schlafen. Sie sind gerissen und geben ihre Geheimnisse niemandem Preis, außer man zieht ihnen die Kapuze vom Kopf oder hält sie an der Nase fest, die auch sehr groß ist, wie die von Tummà. Und sie haben Angst vor Knoblauch und offenen Scheren."

„Mit letzterem haben sie ja recht. Sie sind also so eine Art Kobold, und der Schatz ist am Ende des Regenbogens."

„Fast. Nur dass diese Geschichte eben einen wahren Kern hat. Darauf besteht zumindest die Familientradition."

„Im Ernst? Haben das nicht alle Legenden?"

„Bei Schätzen wäre ich eher vorsichtig. Du hast doch schon bemerkt, dass hinter jeder zweiten Geschichte hier ein Schatz steckt. *Prosperità umana, sospetta e vana* – menschlicher Wohlstand ist verdächtig und vergänglich. In diesem Fall soll es sich ja, wie gesagt, nicht um Gold handeln, wie sonst meistens. Jedenfalls bringt Tummà diesen *laurieddhu* dazu, das Versteck des Schatzes zu verraten, der in einer Höhle versteckt ist, und den Olivenbaum, der genau vor dem Eingang der Grotte steht, mit einem roten Band zu markieren, so dass Tummà am nächsten Morgen wiederkommen kann, um den Schatz zu heben. Dem *laurieddhu* nimmt er das Versprechen ab, das Band während der Nacht nicht zu entfernen. Als Tummà allerdings am folgenden Morgen wiederkommt, ist um den Stamm eines jeden Olivenbaums, von denen es nun dank seines magischen Taschentuchs tausende gibt, ein rotes Band geschlungen. Und so bleibt der mysteriöse Schatz bis heute verborgen."

„Und das glaubst du im Ernst?", fragte Nico.

„Wo denkst du hin? Aber meine Großmutter, die selber noch wirklich an *laurieddhu* glaubte, auch wenn mein Vater sie dafür schalt, uns solche Geschichten zu erzählen, war fest davon überzeugt, dass es den Zauberstein der *giacomini* versteckt in einer Grotte wirklich gebe."

„Klingt eher nach einem schlechten Abenteuerfilm", bemerkte Nico.

„Und wo, meinst du, haben die Autoren deiner schlechten Abenteuerfilme ihre Ideen her? Den Stein, der bei Tarent vom Himmel gefallen ist, gibt es ja auch, ich habe ihn mit eigenen Augen gesehen, ob er nun vom Himmel gefallen ist oder nicht, aber es gibt Menschen, die daran glauben, also hilft er ihnen. Du hast doch Geschichte studiert, Lia. Finde heraus, was es mit dieser Geschichte auf sich hat, wo der wahre Kern liegt, und warum unsere Familie seit Generationen darauf besteht."

„Na, meinetwegen, wenn du meinst", entgegnete Lia eher halbherzig.

„Ja, meine ich, mein Kind. Ich bin eine alte neugierige Frau. Und Wissen ist mehr wert als Haben."

Alessandra und Nico verabschiedeten sich wie immer herzlich. „Hast du morgen Abend Zeit?", fragte Alessandra an Lia gewandt. „Ich habe übermorgen frei und Nico muss ein paar Tage verreisen, um ein

Weingut auf Sardinien zu beraten. Wir könnten nach dem Abendessen zusammen was trinken. Was denkst du?"

„Sehr gerne! Wir sehen uns dann morgen Abend. Ich freue mich! Gute Nacht, ihr beiden. Und dir eine gute Reise, Nico!"

Mitternacht rückte allmählich heran und von der Straße konnte Lia bereits Babulus' Geländelimousine heranfahren hören. Sie machte ihre Tante darauf aufmerksam, die wissend lächelte. „Den ganzen Abend lang wird er sich Gedanken gemacht haben und mit seiner Familie, hoffe ich, nochmals alle Seiten ihres Problems durchgekaut haben. Das ist bereits die halbe Miete. Wahrscheinlich hat er seine Entscheidung insgeheim schon längst gefällt und sucht nur noch nach einer Bestätigung."

Zia Jann begrüßte den Mann und fragte, ob ihm die Anwesenheit ihrer Nichte etwas ausmache. Als er verneinte, gingen die drei zusammen eine kleine Seitenstraße den angrenzenden Hügel hinauf. Es war eine sternenklare Nacht und fast Vollmond, daher konnten sie den Weg auch ohne Taschenlampe gut erkennen. Kurz vor einer kleinen Kreuzung, etwa auf dem halben Weg zur Hügelkuppe, bat die Tante Lia darum, an dieser Stelle zu warten und keinen Laut von sich zu geben. Dann setzte sie mit Babulus den Weg bis zur Kreuzung fort, wo sie offensichtlich Anweisungen gab. Kurz darauf kehrte sie allein zu Lia zurück.

„Jetzt bin ich aber wirklich auf deine Erklärungen gespannt!"

„Pssst, Lia, nicht so laut!", flüsterte Zia Jann. „Wir müssen leise sein. Ich will es dir erklären. Das Ritual der Santa Monica ist uralt und findet um Mitternacht auf einer Kreuzung statt. Es dient dazu, Entscheidungen zu fällen. Natürlich trifft die Kreuzung nicht die Entscheidung, sondern der Mensch. Aber das Ritual hilft ihm dabei, den richtigen Weg zu erkennen. Daher die Kreuzung."

„Was macht er jetzt gerade?"

„Er spricht einige Gebete, so wie ich es ihm aufgetragen habe."

„Und dann?"

„Dann soll er ganz ruhig stehenbleiben und sich auf seine Frage konzentrieren. Er lauscht jetzt mit geschlossenen Augen, ob er etwas hört, einen Tierlaut oder ein sonstiges Geräusch. Deshalb müssen wir auch leise sein. Und die Art des Geräuschs, ob er es als gutes oder schlechtes Geräusch betrachtet, und die Richtung, aus der das Geräusch kommt, geben ihm dann den Weg vor, den er gehen soll. Zurück, immer geradeaus so weiter wie bisher oder rechts oder links, in diesem Fall hieße das wohl Hongkong."

„Aber wenn ich ganz leise bin und mich hier aufs Feld stelle, höre ich ständig Tierlaute: Füchse, Hunde, Katzen, Käuzchen, Eulen. Und den Wind in den Bäumen. Aus allen Richtungen!"

„Eben! Er soll sich ja auch entscheiden, nicht die Füchse. Das Ritual ist nur eine Hilfestellung, ein letzter Anschub sozusagen."

„Sieh mal, jetzt dreht er sich langsam im Kreis. Warum um Mitternacht?"

„Mitternacht ist eine besondere Stunde. Keine Ablenkung. Kein Verkehr auf der Kreuzung, auch nicht ganz unwichtig. Und er hatte den ganzen Abend Zeit zum Nachdenken. Natürlich klingt es auch einfach besser als halb neun."

„Wer ist Santa Monica?"

„Das ist die Mutter des Heiligen Augustinus. Der Legende nach hat sie so lange darauf bestanden, dass ihr Sohn sich zum Christentum bekehre, bis er endlich nachgab und sich taufen ließ. Deshalb ist sie die

Patronin derjenigen, denen ein geliebtes Familienmitglied abhanden gekommen ist und sie wird angerufen, um es wieder in den Kreis der Familie zurückzubringen. Meistens wurde dieses Ritual nämlich im Krieg benutzt, um Nachricht von vermissten Angehörigen und Soldaten auf weit entfernten Schlachtfeldern zu erhalten. Ich nutze es lieber in Fällen wie diesem. Ich finde es nämlich unredlich, den Menschen falsche Hoffnungen zu machen, wenn es vielleicht gar keine Hoffnung gibt. Obwohl es vielen Müttern und jungen Verlobten im Krieg das Gefühl der Ohnmacht genommen hat, weil sie immerhin irgendetwas tun konnten."

„Sieh mal, Babulus kommt herunter. Er wirkt irgendwie beschwingter."

„Babulus? Er heißt Pino."

ج

In demselben Jahr, in dem Ageltrude nach Bari kam, begegnete ich zum ersten Mal Ahmad al-Sarachsi und Yahya Ibn al-Batriq. Ahmad war der Schüler des grossen Philosophen al-Kindi; darüber hinaus war er auch ein Mitbruder in den Rängen der Bruderschaft der Reinheit und hatte von mir gehört, so dass er Zuflucht in meinem Emirat suchte. Er hatte aus Baghdad fliehen müssen, weil er häretische Texte verfasst hatte, in denen er die allzu Frommen verspottete und die falschen Propheten anprangerte. Dafür war er zum Tode verurteilt worden, hatte aber noch vor seiner Exekution seinen eigenen Tod vortäuschen und fliehen können. Selbstverständlich nahm ich Ahmad auf und gewährte ihm Asyl. Er hatte einige neuere Manuskripte über Mathematik, Medizin und Astronomie aus Baghdad mitgebracht, darunter Werke von Thabit ibn Qurra, der wie ich aus Harran stammte (und der sich, wie Ahmad mir erzählte, ebenfalls Probleme wegen seiner liberalen Schriften eingehandelt hatte), Muhammad al-Battani und des Christen Hunayn ibn Ishaq, der sich durch seine Arbeit über die Abhandlungen der griechischen Gelehrten den Beinamen „der Scheich der Übersetzer" verdient hatte. Ich veranlasste, dass die neu erworbenen Werke sogleich kopiert wurden und je eine Kopie in die Bibliothek verbracht wurde.

Zusammen mit Ahmad kam Yahya; die beiden waren sich auf der Reise begegnet: Yahya war ein Über-

setzer aus dem Griechischen und er war ein Jakobiter, ein Anhänger des christlichen Bischofs Jakob Baradai, der ebenfalls aus der Region von Harran stammte. Es kommt mir vor, als sei meine Heimat ein hervorragender Nährboden für Querdenker. Die Christen der Gegend allerdings schienen sich seit geraumer Zeit gegenseitig zu befehden, aufgrund theologischer Haarspaltereien gründete alle Naslang ein Mönch eine neue Glaubensrichtung und spaltete seine eigene Gemeinde von der Gemeinschaft ab. Ich habe nie nachvollzogen, welche Gruppen aus welchen Gründen welche anderen Gruppen anfeindeten, und werde es wohl auch niemals tun. Jedenfalls hielt Yahya es für angebracht, zusammen mit seiner jungen Familie seine Heimat zu verlassen, und so suchte er zusammen mit Ahmad in Bari Zuflucht. Ich hatte zwei gute Freunde gefunden. Wir verbrachten die meisten Abende gemeinsam bei Konversation oder dem Schachspiel und tauschten bei einem guten Glas Wein unsere Gedanken aus, in Gesellschaft nur meines Vorkosters und meines Leibwächters - ich hatte das Schicksal meiner beiden Vorgänger nicht vergessen. Ich schätzte Ahmads spöttischen Humor und Yahyas präzise Analysen. Zusammen waren sie weit bessere Berater als die offiziellen Beamten, mit denen ich mich tagsüber umgab, es je hätten sein können. Beide hatten sie ein offizielles Amt, als ich es ihnen anbot, abgelehnt; der eine mit der Begründung, zu enge Zusammenarbeit korrumpiere die Freundschaft ("Iss und trink mit einem Freund, mach aber mit ihm niemals Geschäfte" waren seine Worte), der andere aus Angst um die Risiken, die politische Verantwortung und der damit einhergehende Neid mit sich bringen. Ich wandte mich an sie in Regierungsan-

gelegenheiten und Gewissensfragen und sie gaben mir stets gute, ehrliche und durchaus auch kritische Antwort. Nur in einem Punkt konnten wir uns nie einig werden: Yahya lehnte die Sklaverei rundum ab, Ahmad sah sie als ein notwendiges Übel und ich sehe sie als einen natürlichen Zustand an; schließlich hatte bereits Aristoteles geschrieben: „Es ist also klar, dass es von Natur Freie und Sklaven gibt, und dass das Dienen für diese zuträglich und gerecht ist. Und dass es Menschen gibt, die unter allen Umständen Sklaven sind und solche, die es niemals sind." Zudem war der Handel mit Sklaven der Wirtschaft meines Emirats äußerst zuträglich.

VI

Auf dem Tisch vor Zia Janns Trullo standen eine übergroße, nur noch halb volle Flasche Wein und zwei Gläser, ebenfalls halbvoll. Zia Jann füllte ihren Wein in die Flaschen ab, die eben gerade da waren; da waren dann auch mal ein paar größere darunter. Lia störte das ganz und gar nicht. Alessandra war wie versprochen am Abend vorbeigekommen und die beiden jungen Frauen saßen jetzt, nach dem Abendessen, seit gut über einer Stunde auf der Terrasse und plauderten angeregt. Dabei betrieben sie, wie sich Lia ausdrückte, „experimentelle Önosophie", denn im Wein liegt ja bekanntlich die Wahrheit. Die Themen verlagerten sich langsam vom Alltäglichen zum Allumfassenden.

„Wenn es mit dem Job mal nicht mehr läuft, sag ich immer, gründe ich eine Sekte. Von irgendetwas muss man ja leben", sagte Alessandra. „Scheint doch gut zu klappen, sieh dich mal um. Die Menschen lechzen nach Führung und letzten Weisheiten, je abgefahrener, desto besser. In dem Geschäftszweig gibt es noch richtig Geld zu verdienen."

„Und du möchtest dich wirklich mit diesen Leuten umgeben?", warf Lia ein.

„Ich mach doch nur Spaß. Komm, lass uns mal überlegen, wie unsere Sekte aussehen würde!"

„Wir brauchen auf jeden Fall einen Guru. Nico könnte sich einen langen Bart wachsen lassen."

„Nico? Nie im Leben! Der ist nicht charismatisch genug."

„Er ist dein Verlobter, Alessandra!"

„Eben, und nicht mein Guru. Wer sagt denn, dass es ein Mann sein muss? Wie wär's mit Zia Jann? Alt, geheimnisvoll, charakterstark."

„Na die wird sich bedanken! Ich fürchte, da müssen wir schon selber herhalten. Kannst du Joga?"

„Seh' ich so aus?"

„Ehrlich gesagt, ja."

„Das kommt vom Höhlenklettern und Abseilen. Ist mehr so mein Ding. Und vom Bücherschleppen. Also kein Joga."

„Nein. Aber Speisevorschriften. Die müssen unbedingt sein. Ohne Speisegebote geht gar nichts. Unsere Anhänger wollen beschränkt werden, das gibt ihnen Halt. Gieß mir nochmal nach, Alessandra, danke!"

„Müssen wir uns selber daran halten?"

„Natürlich nicht! Aber wir brauchen etwas ganz Neues, einfach nur vegetarisch oder Rohkost oder makro-vegan oder wie das heißt reicht nicht aus", konstatierte Lia. „Das wird allerdings etwas schwierig werden, das Feld der Ernährungsmoden ist schon ziemlich abgeweidet."

„Irgendwas geht immer. Wir müssen halt das genaue Gegenteil von irgendeinem Trend machen, das sorgt für Aufregung. Was ist denn gerade in?", fragte Alessandra.

„Vegan. Aber wir können unseren Anhängern doch nicht auferlegen, gar kein Gemüse zu essen."

„Das stimmt, dann was anderes. Rohkost ist auch wieder in. Wie wär's mit 'Alles nur gekocht'? Auch der Salat."

„Würgs", Lia ahmte ein Würgen nach. „Das wurde im Mittelalter übrigens so gemacht, weil die Felder mit menschlichen Fäkalien gedüngt wurden. Da kam gar nichts roh auf den Tisch, auch kein Blattsalat."

„Na siehst du. Ich finde aber, an der Begründung müssten wir noch ein bisschen feilen. Menschliche Fäkalien als zentrales Thema einer Ernährungssekte fände ich jetzt etwas vulgär."

„Wieso nur eine Ernährungssekte? Ich finde, wir müssen ganzheitlicher an die Sache herangehen. Vielleicht ein historisches Vorbild, altes Wissen neu wiederentdeckt. Lass mich mal überlegen. Kochen → Feuer → Zoroastrismus → Zarathustra. Voilà! Altes persisches Wissen neu entdeckt. Das heilige Feuer! Dualismus! Der ewige Kampf zwischen Gut und Böse! Ferner soll jedwede Speise eines wahren Adepten zumindest kurz am Feuer vorbeigeführt werden, um es spirituell zu reinigen und zu segnen; man muss ja nicht gleich alles durchgaren. Natürlich geht das nur mit einem Ableger unserer ewigen heiligen Flamme, die man für eine kleine oder auch größere Gebühr bei uns erstehen kann."

„Genial! Ich bin beeindruckt. Und wenn unseren Anhängern das Feuer ausgeht?", fragte Alessandra.

„Müssen sie bei uns neues kaufen. Vielleicht produzieren wir auch spezielle Feuerzeuge mit magischen Feuersteinen oder so, die für teures Geld erstanden werden können."

„Aber werden die echten Zoroastrier, die Parsen meine ich, nicht protestieren?"

„Na und? Ich denke, so mancher jüdischer Gelehrter bekommt auch grüne Pickel, wenn er sieht, was so als Kabbala verkauft wird. Im Glauben gibt es kein Copyright."

„Du hast mich überzeugt. Aber ich denke, wir dürfen die Gesundheitsschiene nicht vernachlässigen; die muss unbedingt stärker mit reinspielen", gab Alessandra zu bedenken.

„Wir könnten den vorhin erwähnten Blattsalat traditionell, aber homöopathisch düngen."

„Was?"

„Na, anpupsen. Je stärker verdünnt, desto wirksamer. Wenn der Salat dann eingeht, ist es wohl die Erstverschlimmerung."

„Lia, also echt!" Alessandra musste prusten. „Schenk mir nochmal nach, sonst kann ich deinem Humor nicht folgen! Dein Glas ist noch halbvoll. Oder halbleer, je nachdem ob du Optimistin oder Pessimistin bist."

„Ich bin Historikerin. Halbvoll oder halbleer ist nicht die Frage, Gläser sind nachfüllbar. *Salute*!"

Sie schwiegen eine kurze Zeitlang und betrachteten nachdenklich den Sternenhimmel. Sgubbàt, der unter dem Tisch schlief, bellte leise im Schlaf und zuckte mit seinen drei Pfoten.

„Jetzt mal im Ernst", unterbrach Alessandra die Stille. „Die Welt wird immer verrückter, oder kommt mir das nur so vor?"

„Ich glaube, das kommt dir nur so vor. Mir aber auch. Wenn man allerdings genauer darüber nachdenkt, kommt man zu dem Schluss, dass die Welt schon immer verrückt war. Betrug und Fanatismus hat es schon immer gegeben, auch gerne Hand in Hand, denk nur mal an die Geschichte zurück. Das Mittelalter ist voll davon. Nur sind wir jetzt viel mehr Menschen auf diesem Planeten und durch das Internet bekommen wir viel mehr mit. Der Mensch ändert sich nicht, Geschichte wiederholt sich, aber alles geschieht auf viel engerem Raum. Und das ist meiner Meinung nach das Gefährliche."

„Und deshalb versuchen die Menschen sich voneinander abzugrenzen. Durch Religion, durch alternative Ideologien, durch Ernährung, durch Nationalismus.“

„Ich fürchte schon. Weißt du, was ich nie verstanden habe? So überhaupt nicht?“, fragte Lia.

„Sag's mir!“

„Rassismus. Und Sexismus. Menschen nach der Tönung ihrer Haut oder der Form ihrer Geschlechtsteile zu klassifizieren. Das ist doch so bekloppt, da muss man erstmal drauf kommen, oder? Dermaßen oberflächliche und äußerliche Merkmale! Und doch passiert es überall auf der Welt, seit Jahrtausenden. Es ist dem Menschen offenbar ein Bedürfnis, sich abzugrenzen. Je oberflächlicher, desto einfacher, dann muss man nicht nachfragen oder gar denken. Aber ich habe es wirklich nie begriffen.“

„Stimmt. Warum nicht mal was Anderes, sagen wir mal, Ohrenform. Oder Schuhgröße? Wenn wir schon eine Sekte gründen, dann könnten wir mit deren Hilfe gleichzeitig die Absurdität von Rassismus und Sexismus vorführen. All diese Großfüßer, die uns unsere Jobs wegnehmen und nur schmarotzen! Ich bin mir sicher, mit ein bisschen Phantasie ließe sich ein direkter Zusammenhang zwischen Schuhgröße und Intelligenz postulieren.“

„Hey, ich habe große Füße!“

„Deshalb werde ich ja auch der Guru. Das eigentliche Problem ist, dass wir uns damit den halben Feuerzeugmarkt verbauen. Nein, das geht so nicht. Vielleicht lassen wir das mit der Sekte lieber bleiben, viel zu kompliziert. Außerdem bist da ja sowieso erstmal beschäftigt.“

„Wieso?“, fragte Lia nach.

Alessandra unterdrückte ein Gähnen. „Na, du sollst doch auf Befehl deiner Tante den *laurieddhu* finden und was es damit auf sich hat.“

„Das hatte ich schon wieder verdrängt. Kennst du die Geschichte, Alessandra?"

„Nicht diese, aber andere. Jeder kennt Geschichten von *laurus* und *laurieddhus*, kleinen Kobolden, die unter Steinen hausen und Unsinn treiben. Die, die deine Tante gestern Abend erzählt hat, war mir neu. Vielleicht handelt es sich dabei wirklich um eine Familientradition. Ich finde den Hinweis auf die Araber spannend. Ich wusste gar nicht, dass Bari mal ein Emirat war. Wirst du dem nachgehen, Lia?"

„Weiß ich nicht, mal sehen." Lia leerte mit einem großen Schluck ihr Glas und verzog gleich darauf das Gesicht.

„Was ist? Ein Insekt?"

„Nein, Weinstein, der war unten in der Flasche. Hab ich wohl beim Eingießen nicht gesehen. Knirscht einfach ein bisschen zwischen den Zähnen. Sag mal, du bleibst heute nacht hier, oder? Du kannst ja wohl schlecht in dem Zustand nach Hause fahren."

„So sieht's wohl aus." Alessandra gähnte jetzt herzhafter.

„Wir machen dir ein Bett in der Küche, dann wecken wir Zia nicht auf. Ich muss mich jetzt auch aufs Ohr hauen, ich bin todmüde. Und betrunken."

Später in der Nacht schreckte Lia aus dem Schlaf. Sie hatte von kleinen, in braune Kapuzenmäntel gehüllte Männchen geträumt, die aus Löchern im Boden geklettert kamen, große Nasen und riesige Füße hatten und Salat anpflanzten, wobei sie jede Salatpflanze mit einem roten Band versahen.

„Was für einen Mist man doch träumt", dachte Lia bei sich und stand auf, um Wasser zu trinken und auf die Toilette zu gehen. Dazu musste sie das Haus verlassen, um durch einen anderen Eingang das

Badezimmer aufzusuchen. Dabei hörte sie ein Rascheln im Feld und als sie hinsah, meinte sie, durch die Ähren eine Kapuze davonhuschen zu sehen. Lia rieb sich die Augen und schüttelte sich, um die Nachwirkungen des Traums loszuwerden. „So was“, murmelte sie. „Muss wohl der Wein sein.“

Als sie wieder im Bett lag, hatte Lia bereits beschlossen, dem Ursprung der Geschichte auf den Grund zu gehen. Schließlich hatte jede Legende einen wahren Kern. Und wenn es nur eine spannende Geschichte war. Selbst wenn nicht, wer hatte noch gleich gesagt: "Wenn es nicht wahr ist, so ist es doch gut erfunden"?

ح

Ahmad und Yahya waren indes nicht die einzigen, die aus Ländern des Ostens eingetroffen waren, um in diesem Landstrich ihrem jeweiligen Glauben nachgehen zu können. Als wir noch als junge marodierende Truppe unter der Führung Chalfun durch dieses Land zogen, fanden wir allenthalben Höhlen, Höhlenkirchen, ja ganze Höhlenstädte, in denen sich christliche griechische Eremiten zurückgezogen hatten, um der Verfolgung durch den byzantinischen Kaiser zu entgehen. Ich habe auch hier nicht verstanden, worum es ging, offenbar ging es bei dem Streit um die Frage, ob man Bilder von Heiligen und Propheten anfertigen dürfe. Die Eremiten, die sich selber als Basilianer bezeichneten, obwohl sie doch vor dem Basileios, dem Kaiser von Byzanz, geflohen waren, meinten offenbar, dass dies gestattet sei, denn ihre Höhlen waren über und über mit den bunten Darstellungen von Männern und Frauen bemalt, die ihnen heilig waren.

In den folgenden Jahren sollte Yahyas kleiner Sohn Yakub zu einem eigensinnigen Mann heranwachsen und sich von diesen Gemeinschaften angezogen fühlen, unter den Einfluss eines gewissen Mönches namens Nilus geraten, um schließlich selber ein Gelübde abzulegen und als Basilianer in einer einfach ausgestatteten Höhle zu leben.

Etwa zwei Jahre, nachdem Ahmad und Yahya nach Bari gekommen waren, erweiterte sich unser kleiner Zirkel um Aaron ben Samuel ha-Nasi, von allen Abu Aaron genannt. Abu Aaron war, oder besser gesagt: ist (denn er ist der einzige, von dem ich je wieder Kunde erhalten habe und von dem ich weiß, dass er die vergangenen, turbulenten Jahre überlebt hat) ein Jude aus Babylonien. Er hatte sich mit seinem Vater, einem jüdischen Rechtsgelehrten und Richter, überworfen und war fortgezogen. Aufgrund seines profunden Wissens konnte er als Lehrer arbeiten und tat dies einige Jahre lang in Oria und anderen Städten Italiens mit großem Erfolg. Er war Rechtsgelehrter, Mystiker und Kabbalist, außerdem ein Freund des großartigen Arztes und Astrologen Schabbatai Donnolo, den er gelegentlich mit an meinen Hof brachte, wo auch ich ihn konsultierte. Auf diese Weise brachte Abu Aaron neue Betrachtungsweisen und Fähigkeiten mit, zudem viele neue Manuskripte, was mir stets willkommen war. So wurde er in unserem Bunde der Vierte.

Neben Landwirtschaft, Staatstheorie, Naturwissenschaften, Philosophie und Astronomie diskutierten wir leidenschaftlich über die Alchemie. Ich legte Abu Aaron, der ihn noch nicht gelesen hatte, die Lektüre von Jabir ibn Hayyan ans Herz, darunter das „Buch der Steine", seine Interpretation der „Smaragdenen Tafel" und natürlich die „Höchste Vollkommenheit der Lehre". Wir erörterten die äußere Transmutation der Materie und die innere Transmutation des Geistes, denn sie bedingen einander unmittelbar: Das erste, das der Schöpfer ins Leben rief, ist eine einfache, geistige, äußerst vollkommene Substanz, in der die Form aller Dinge enthalten ist. Diese Substanz heißt Intellekt. Aus dieser Substanz geht eine zweite hervor, die in der Hierarchie unter der ersten liegt und welche universelle Seele genannt wird. Von der universellen Seele geht wiederum eine andere Substanz aus, die unter der Seele liegt und die als ursprüngliche Materie bezeichnet wird. Letztere wird in den absoluten Körper verwandelt, ergo in Sekundärmaterie, die Länge, Breite und Tiefe hat.

Abu Aaron verknüpfte diese Überlegungen mit seiner Zahlenlehre, Yahya konnte sich eher für das empirische Experiment begeistern und Ahmad blieb wie immer skeptisch dem allzu materiellen Streben gegenüber und sah in allem nur eine Metapher für die Arbeit an der geistigen Vervollkommnung.

Trotz der Bemühungen des elenden Kaisers Ludwig, das Emirat Bari zu isolieren, unterhielt ich diplomatische Kontakte nicht nur zum Emirat Sizilien und den muslimischen Städten Brindisi und Tarent, sondern auch zu den benachbarten christlichen Fürstentümern. Legaten trafen in meinen Palast ein und ich entsandte Legaten nach Benevent, Salerno, Neapel und sogar nach Spoleto. Benevent stand zwangsweise in guter Beziehung zu Bari, da die Tochter des Fürsten Adelchis, Ageltrude, hier als Gast weilte. In Salerno logierten meine Legaten im Bischofspalast, was den Bischof von Salerno, Rachenaldus mit Namen, einem engen Verbündeten Ludwigs, derart aufbrachte, dass er meine beiden Männer hinauswerfen ließ. Offenbar hatte Rachenaldus der Anblick der beiden Männer beim Gebet erzürnt. Diese Missachtung elementarster Gastfreundschaft habe ich dem Bischof nie verziehen, möge Gott ihn strafen.

Neapel dagegen war inzwischen zum pragmatischen Handelspartner geworden und Spoleto stand immer mal wieder in Konflikt mit Kaiser Ludwig. Für einige Zeit gewährte ich sogar einem hohen Mitglied des Hofes von Spoleto bei mir Asyl, da er eine Revolte gegen den Kaiser angezettelt hatte und fliehen musste. Der Feind deines Feindes ist dein zuverlässigster Freund.

Derart denkend, Adelchis und seine Rivalität mit Ludwig im Sinn, und in Erinnerung an unsere gegenseitige Sympathie, ließ ich Ageltrude schließlich zu ihrem Vater zurückkehren, denn sie sollte nicht ihr gesamtes Leben als Geisel verbringen müssen. Sie dankte mir vor ihrer Abreise für ihre Freilassung, aber auch für die ausgezeichnete Behandlung und sicherte mir auch den Dank ihres Vaters zu. Wie sich noch herausstellen sollte, war meine Güte etwas zu voreilig gewesen.

Immer wieder baten mich in jenen Jahren christliche Pilgerreisende um Audienz, die von Rom oder den fränkischen Ländern jenseits der Berge aufgebrochen waren, um eine Pilgerfahrt in das sowohl den Muslimen, den Juden als auch den Christen Heilige Land zu unternehmen. Oft waren es Mönche in groben, einfachen Gewändern, barfuß und nicht allzu reinlich. Zum Zweck ihrer Weiterreise baten die Pilger mich üblicherweise um einen Geleitbrief für Palästina und die Erlaubnis, auf einem unserer Handelsschiffe zu reisen, was ein kleines Nebeneinkommen für die Handelsreisenden darstellte. Stets gewährte ich den Reisenden diese Gunst, denn Reisende stehen unter Gottes

Schutz, und die Gastfreundschaft ist heilig.

VII

Lia erwachte am nächsten Morgen mit einem erfreulich leichten Kater. Sie hatte ihn sich schlimmer ausgemalt, hatte sie doch zusammen mit Alessandra recht tief ins Glas geschaut. Letztere schlief noch, als Lia in die Küche kam. Zia Jann musste dagegen schon lange auf den Beinen sein. Bei einem extrastarken Kaffee kamen ihr langsam wieder die Erinnerungen an die vergangene Nacht und ihren Entschluss, der Geschichte ihrer Tante vom verschollenen Schatz der *Giacomini,* beziehungsweise der Araber, auf den Grund zu gehen. Sie fragte sich, ob sie letzte Nacht wirklich eine Kapuzengestalt gesehen zu haben glaubte, oder ob sie selbst die Einbildung, etwas gesehen zu haben, nur geträumt hatte. Erkenntnistheorie und Wein sind eine vertrackte Kombination.

„Erstmal muss ich herausfinden, wer diese *Giacomini* eigentlich sind", murmelte Lia.

„Was?", meldete sich eine schläfrige Stimme aus der Ecke.

„Guten Morgen, Alessandra!" Lia musste schmunzeln. „Na, gut geschlafen? Was macht der Kopf?"

„Morgen! Kaffee!"

„Wie bitte?"

„Ich brauch Kaffee."

„Das Gefühl kenne ich. Hier, nimm, hab ich gerade frisch gemacht."

„Danke. Was hast du eben gesagt?"

„Ich muss erstmal herausfinden, wer die Giacomini sind."

„Internet!“

„Hat Zia Jann nicht.“

„Café!“

„Sag mal, bist du morgens immer so einsilbig?“

„Immer!“ Alessandra nahm ein paar Schluck Kaffee. „Das Sprachzentrum läuft erst ab einer gewissen Mindestdosis Kaffee an. Es geht schon besser.“

„Kennst du ein Internetcafé in der Gegend?“

„Mhm. Ein gutes Café mit Wifi, in Cisternino. Ich zeig's dir. Kannst du heute vormittag hier weg oder bist du schon voll eingespannt?“

„Zia hat mir heute morgen freigegeben.“

„Das ist aber nett. Dann zeig ich dir das Café und wir frühstücken erstmal zusammen. Nimm deinen Laptop mit, ich hab ein Tablet, dann können wir beide recherchieren und uns unsere Ergebnisse gleich mitteilen.“

„Du machst mit?“, fragte Lia.

Alessandra grinste. „Klar doch!“

Kurze Zeit später saßen Lia und Alessandra an einem kleinen Tisch unter einem großen Sonnenschirm auf einer kleinen Piazza, vor sich jeweils einen Cappuccino und einen leeren vollgekrümelten Teller, auf dem sich vormals ein *cornetto*, ein mit süßer Creme gefülltes Frühstückshörnchen, befunden hatte. Nun hatten beiden Frauen ihre Blicke fest auf ihren jeweiligen Bildschirm gerichtet und tippten, beziehungsweise wischten, gelegentlich an ihren Geräten herum.

„Erstmal sehen wir nach, was die Araber hier in der Gegend eigentlich gemacht haben. Und wann. Ich sehe mir die Geschichte des Emirats von Bari an und du suchst, welche Verbindungen es vielleicht sonst noch im Mittelalter gibt. Wäre das in Ordnung?“ hatte Lia vorgeschlagen. Seitdem waren beide schweigend in diverse Artikel vertieft.

„Informationsaustausch?“, unterbrach schließlich Alessandra die Stille.

„Informationsaustausch! Ich bin mehr oder weniger bereit für einen Überblick.“

„Fang du an, du bist hier die Historikerin!“

„In Ordnung. Also, das Emirat von Bari bestand tatsächlich im 9. Jahrhundert, und zwar von 847 bis 871. Vor und nach dessen Bestehen haben sich die Byzantiner, Langobarden, Franken und Normannen um die Gegend gekloppt, das heißt friedlich war es hier nie. Es ist erstaunlich wenig über die Zeit des Emirats überliefert, und wenn, dann alles aus den Quellen der politischen Gegner. Irgendwelche architektonischen Überreste gibt es offenbar gar nicht. Im Großen und Ganzen scheint man einen Mantel des Schweigens über die Zeit gebreitet zu haben. Ganz interessant ist aber, dass Bari seine Bedeutung als Handelshafen erst in dieser Zeit gewinnt; vorher war es nur ein kleines Nest und Brindisi sehr viel bedeutender. Es muss einen großen Hafenausbau gegeben haben, um den intensiven Handel mit dem Nahen Osten und Nordafrika abwickeln zu können. Es kamen Händler aus dem gesamten Mittelmeerraum, um sich in Bari niederzulassen; die Stadt wurde zu einer wahren Metropole. Eine große Freitagsmoschee soll es auch gegeben haben, wahrscheinlich an der Stelle, an der heute die Nikolausbasilika steht. Da muss ich unbedingt mal hin.“

„Machen wir. Hat man keine Überreste gefunden?“

„Es scheint in dieser Hinsicht nie Ausgrabungen gegeben zu haben. Die Altstadt ist natürlich auch komplett überbaut. Weiter: Es gab drei

Emire von Bari: Chalfun, Mufarrag und Sawdan. Chalfun ist der Anführer der sarazenischen Söldnerarmee, die Bari erobert hatte, und zwar auf Bitten des Fürsten von Benevent. Die Soldaten gelangten durch die Kloaken in die Stadt. Chalfun wird nach einigen Jahren im Amt des Emirs ermordet; ihm folgt Mufarrag nach, der ebenfalls ermordet wird und an dessen Stelle der dritte Emir, Sawdan, tritt. Zur Ermordung Mufarrags gibt es eine Legende: Besagter zweiter Emir möchte die gesamte Bevölkerung Baris unter Zwang zum Islam konvertieren, hat aber nicht mit der Starrköpfigkeit der Bevölkerung gerechnet. Auf der Straße trifft er zwei Hexen: die gute Befana, die bis heute am Dreikönigstag Süßigkeiten an die Kinder verteilt, und die schlechte, Pefani, die mit einer Sense bewaffnete Vorbotin des Todes, die Sensenfrau sozusagen. Letztere trennt dem Emir mit ihrer Sense den Kopf ab, der durch die Gassen Baris rollt bis zu dem Ort, an dem er heute noch besichtigt werden kann – in Stein allerdings. Seitdem soll das Gespenst des Emirs in jener Straße umhergehen. Klingt ziemlich dramatisch, wie es Legenden so an sich haben, aber mit einem offenbar politisch motivierten Mord als Hintergrund. An einer anderen Stelle habe ich gelesen, dass Mufarrag vergiftet worden sein soll. Ansonsten habe ich nicht viel Informationen über die beiden ersten Emire. Wie gesagt, der überwiegende Teil der Berichte stammt aus der Feder der politischen Gegner."

„Was berichten die Quellen der Feinde denn so?"

„Das meiste stammt aus der *Historia Langobardorum Beneventi Degentium* eines gewissen Erchempert, eines Mönchs am Hof zu Benevent. Über die ersten beiden Emire von Bari verliert der Mönch nicht viele Worte, aber den letzten scheint er wirklich nicht zu mögen; scheint was Privates zu sein. Er überzieht ihn geradezu mit verabscheuungswürdigen Superlativen und berichtet von dessen Gefangennahme in allen Einzelheiten."

„Er wurde gefangengenommen?"

„So sieht's aus. Und zwar wurde Bari im Jahr 871 von einer Koalition aus Langobarden und Byzantinern unter dem Befehl des karolingischen Kaisers Ludwig II nach langer Belagerung von See- und Landseite erobert. Dabei soll sich Emir Sawdan in einem Turm versteckt haben, bevor er gefunden, in Ketten gelegt und dem Kaiser vorgeführt wurde. Zu Erchemperts Verbitterung wurde er aber nicht hingerichtet, sondern auf Fürsprache des Fürsten von Benevent begnadigt. Der Emir hatte anscheinend die Tochter des Fürsten, eine gewisse Ageltrude, zu einem früheren Zeitpunkt ehrenhaft behandelt und eben dieser Fürst hatte ihm das nicht vergessen. Anstatt hingerichtet zu werden, geht der Ex-Emir jetzt also nach Benevent, offiziell als Gefangener, faktisch aber als fürstlicher Berater. Und das macht den Chronisten rasend."

„Gibt es keine anderen Quellen?"

„Doch. Ich habe auf die Schnelle zwei weitere gefunden. Die eine ist der Bericht dreier Mönche auf Pilgerfahrt von Rom ins Heilige Land aus der Regierungszeit Sawdans, niedergeschrieben von einem benediktinischen Mönch namens Bernhard in seinem Reisebericht mit Titel *Itinerarium Bernardi*. Die drei Benediktiner möchten auf einem Schiff von Bari aus das Mittelmeer überqueren und ersuchen dafür die Genehmigung des Emirs und bitten ihn überdies um einen Geleitbrief, um unversehrt die muslimischen Länder auf ihrem Weg bereisen zu können. Beides wird ihnen ihrem Bericht zufolge von Sawdan ohne Umstände und in freundlichem Ton ge-währt und so setzen sie ihre Pilgerreise fort. Besagter Benedikt beschreibt Sawdan als weisen und gerechten Herrscher. Allerdings berichtet er auch von regem Sklavenhandel in Tarent; zu Tarent kannst du vielleicht gleich mehr sagen."

„Da gibt es auch nicht wirklich viel. Aber erzähl erstmal von der anderen Quelle."

„Das ist schon interessanter. In einer etwas jüngeren hebräischen Chronik aus dem 11. Jahrhundert, genannt die Chronik von Ahimaaz, ist die Rede von Aaron ben Samuel oder Abu Aaron, einem jüdischer Gelehrten, der anscheinend eng mit dem letzten Emir befreundet war. Dort wird der Emir als weiser und gerechter Herrscher beschrieben, relativ gesehen für die Zeit jedenfalls. Die Chronik gleitet dann allerdings ins Esoterische ab und beschreibt, wie der Emir durch magische Wundertaten Abu Aarons davon abgehalten wird, die jüdische Gemeinde von Oria anzugreifen, aber Fakt ist wohl, dass dieser Abu Aaron eine beratende Position bei Hofe einnimmt. Eine weitere Anekdote berichtet davon, dass Abu Aaron abreisen will, der Emir ihn aber nicht gehen lassen möchte, bis der jüdische Gelehrte sich mit einem weiteren magischen Trick dessen Einwilligung ertrickst. Abu Aaron reist ab, wird ein berühmter Schriftgelehrter, Talmudinterpret und Mystiker und wird der Lehrer von Meschullam ben Kalonymus, der – jetzt kommt's, ich zitiere – 'die Gelehrsamkeit des italienischen Judentums an den Rhein bringt'. Den kenne ich von meinen Stadtführungen in Worms! Er ist, glaube ich, in Mainz begraben." Lia fuhr fort. „Noch ein Zitat hier: ein gewisser Rabbi Tam schreibt im 12. Jahrhundert: 'denn von Bari soll das Gesetz ausgehen und des Herrn Wort von Otranto.' Und in noch einer anderen Geschichte aus der Chronik von Ahimaaz ist die Rede davon, wie die Einwohner von Bari eine Gruppe vertriebener Juden, die keine Kleidung besitzen, kleiden und wie sie dafür von Gott mit überirdischer Schönheit belohnt werden."

„Ha! Meine Großmutter ist aus Bari. Das erklärt alles", warf Alessandra ein.

„Mit Sicherheit, bella! Aber weißt du, was mich beim Großteil der Artikel, die ich gerade gelesen habe, wirklich überrascht?"

„Du wirst es mir sicherlich gleich sagen."

„Dass sie diesem Mönch unhinterfragt nachplappern. Der letzte Emir von Bari sei ein Unmensch, ein Ekel, ein Teufel, geradezu die Inkarnation des Bösen gewesen und habe hunderte, wenn nicht tausende von Menschen ermordet, versklavt, abgeschlachtet. Die erneute Besetzung Baris, diesmal aber durch christliche Truppen, wird als Befreiung gefeiert. Soweit ich allerdings weiß, waren die Byzantiner als Besatzer zu ihrer Zeit nicht gerade beliebt. Waren denn die Langobarden, die Normannen, die Byzantiner, die Spanier und wer sonst noch so alles sein Stück vom Kuchen abhaben wollte, denn keine Besatzer? Und dann im nächsten Satz, hier, heißt es ganz beiläufig, dass Kaiser Ludwig auf seinem Feldzug gegen Bari mal eben die Städte Oria und Matera einnimmt und niederbrennen lässt. Besonders Matera wird dem Erdboden gleichgemacht und seine Bevölkerung in die Sklaverei verkauft. Das ist dann ok, weil es der christliche Kaiser ist, oder wie? Das meiste sind populärwissenschaftliche Artikel, gut, aber trotzdem, ein bisschen Objektivität oder zumindest einen Hauch Quellenkritik kann man doch erwarten. Sicher werden die Truppen des Emirs auch so manche Schandtat begangen haben, aber sie waren eben nicht die Einzigen. Hier in der Gegend haben sie sich alle irgendwann gegenseitig die Köpfe eingeschlagen. Italien im Mittelalter ist kein Ponyhof. Der Sklavenhandel hat übrigens erstaunlich lange Zeit und unter jedweder Herrschaft geblüht und über die Auswüchse des Feudalismus will ich mich erst gar nicht auslassen."

„Dann tu's auch nicht. Was hast du sonst noch über Bari zu der Zeit herausfinden können?“

„Nicht viel. Über die Zeit des Emirats gar nichts. Bari bleibt als wichtige Hafenstadt bestehen. Der Orienthandel stagniert allerdings zunehmend, besonders unter byzantinischer Herrschaft, so dass im späten 11. Jahrhundert eine Gruppe von Händlern aus Bari sich zusammentut, um die hochverehrten Gebeine des Heiligen Nikolaus aus Myra in Kleinasien zu stehlen – Verzeihung, zu retten – unter dem Vorwand, Weizen nach Antiochien zu liefern. Die Rechnung geht auf, Bari wird zum beliebten Pilgerziel und ist es bis heute geblieben. An der Stelle, an der die Ochsen, die den Karren mit den Gebeinen ziehen, sich weigern weiterzugehen, wird die Basilika erbaut, die heute noch Pilger von weither anzieht.“

„Die Geschichte kenne ich. An der Stelle stehen immer noch die Steinstatuen zweier Ochsen, allerdings wurden ihre bronzenen Hörner schon vor Jahrhunderten geklaut. Lass uns am Wochenende mal hinfahren, wenn Zia Jann dich lässt.“

„Das dürfte kein Problem sein. Sie hat mir doch einen Forschungsauftrag gegeben. Wie wär's mit Sonntag?“

„Sonntag geht klar. Ich hol dich ab. Bist du dann fertig mit deinem Bericht?“

„Nur noch eine Fußnote: Im 19. Jahrhundert wurde eine Oper über den letzten Emir von Bari geschrieben, von einem Komponisten namens Nicola Ferri. Scheint kein großer Erfolg gewesen zu sein; ich habe noch nie von der Oper gehört, von dem Komponisten übrigens auch nicht. So, jetzt bist du dran.“

„Prima. Die Geschichte der Araber im Rest Süditaliens also. Ich habe da einen Artikel in der National Geographic gefunden, den fasse ich am besten mal kurz zusammen. Nun, zuerst wurde Sizilien von Nordafrika aus erobert, in der ersten Hälfte des 9. Jahrhunderts. All diese Ereignisse scheinen sich wahnsinnig schnell ereignet zu haben; innerhalb eines einzigen Jahrhunderts werden ganze Länder erobert, entstehen neue Reiche, gehen immer wieder veränderte Koalitionen ein und verschwinden wieder in der Versenkung der Geschichte. Im Jahr 831 wird Palermo erobert, die Bevölkerung versklavt – das scheint die übliche Vorgehensweise gewesen zu sein – und zur Hauptstadt des ersten Emirats auf italienischem Boden gemacht, die sich innerhalb eines Jahrhunderts zur bevölkerungsreichsten Stadt Italiens entwickelt, voller Wunder der Architektur und der Gartenbaukunst, wie zeitgenössische Reisende berichten. Die Araber führen die bis heute wichtigsten landwirtschaftlichen Exportgüter Artischocken, Orangen, Zitronen und Pistazien ein, und bauen die Seidenindustrie auf. Dazu revolutionieren sie mal eben Landwirtschaft und Bewässerung auf der Insel. Spannenderweise kommt es zu einer friedlichen Verschmelzung der Kulturen, vielsprachig und multikonfessionell, arabisch-muslimisch, lateinisch-katholisch, griechisch-orthodox und hebräisch-jüdisch. Innerhalb ein und derselben Familie gibt es Urkunden zufolge dann Arabisch schreibende Katholiken, auf Griechisch unterzeichnende Muslime und lateinisch sprechende Griechen, deren Eltern arabische Namen tragen. Die sizilianischen Juden sprechen ebenfalls Arabisch, nur schreiben sie es mit hebräischen Buchstaben."

„Klar. Der ethnisch begründete Nationalstaat mit einheitlicher Landessprache ist eine Erfindung des 19. Jahrhundert.", fiel ihr Lia ins Wort.

„Aber der Mix ist schon beeindruckend, das musst du zugeben. Obwohl, viele Christen treten wohl einfach nur zum Islam über, um der

Kopfsteuer zu entgehen. Als Sizilien dann im 11. Jahrhundert von den Normannen erobert wird, die den Steuerspieß umdrehen und es plötzlich eine Kopfsteuer für Muslime gibt, konvertieren viele Familien zum Christentum, darunter auch etliche, die von Anfang an muslimisch waren. Religion als reine Steuerfrage. Abgesehen davon bleibt unter den Normannen auf Sizilien alles beim Alten. Die Verschmelzung der Kulturen geht noch mehrere Jahrhunderte lang so weiter, nur eben unter normannischer Herrschaft, die sich die Pracht und die Errungenschaften des internationalen Siziliens zunutze machen. Noch der Stauferkönig Friedrich II im 13. Jahrhundert spricht fließend Arabisch, weil er in Palermo aufgewachsen ist."

„Gut, das ist Sizilien. Und hier in Apulien?", fragte Lia.

„Da hätten wir zum einen Brindisi, und zum anderen Tarent. Beide werden immer wieder als Emirate bezeichnet. Das ist wohl etwas umstritten, weil keines der beiden jemals vom Kalifen als Emirat anerkannt wurde, zumindest soweit bekannt ist. Über Brindisi finden sich so gut wie keine Informationen; es gab wohl schlicht eine muslimische Ansiedlung innerhalb der Stadt, wahrscheinlich Händler, was in einer Hafenstadt kaum verwundern sollte. Für Tarent gibt es schon mehr Informationen, auch wenn die ziemlich verwirrend sind. Von dort sind die Namen mehrerer Emire belegt, ob nun offiziell anerkannt oder nicht. Und ja, um auf deine Geschichte mit den Sklaven zurückzukommen, Tarent war, wie alle anderen Hafenstädte in Italien, Genua und Venedig inbegriffen, rege am Sklavenhandel beteiligt. Kein Wunder, wenn nach jeder Eroberung die gesamte Bevölkerung verschachert wurde. Tarent hat es allerdings schlimmer getroffen als andere Städte. Es wurde in regelmäßigen Abständen, von allen üblichen Beteiligten abwechselnd, erobert, völlig entvölkert und zerstört. 840 wird Tarent erstmals von den Arabern eingenommen, 880 dann von römischen Truppen erobert, die sowohl die arabische als auch die langobardische Bevölkerung deportieren und versklaven, um im Gegenzug griechische Kolonisten anzusiedeln. Zwei Jahre später bittet der Fürst von Benevent, ja genau, das muss der Kumpel vom letzten Emir von Bari sein – ne, warte mal, dessen Sohn, aber die heißen fast gleich – die Araber um Hilfe, um Tarent seinerseits zu erobern. 927 wird die Stadt dann nochmals zerstört, diesmal von sarazenischen Piraten aus Nordafrika, die die gesamte Bevölkerung – na, rate Mal! - in die Sklaverei verkaufen. Tarent blieb unbewohnt bis zur Neugründung vierzig Jahre später, nur um dann 977 wieder zerstört zu werden. 1060 wird Tarent gleich zweimal erobert: erst im Mai von den Normannen und dann im Oktober von römischen Truppen. Hier habe ich aufgehört zu lesen, wahrscheinlich geht es so weiter. Nur seinem spektakulären Naturhafen hat die Stadt es zu verdanken, dass sie jedesmal wieder aufgebaut wurde. Und nun sieh dir mal an, was sie heute aus meiner Stadt gemacht haben! Wir sind wieder verkauft worden."

„Inwiefern?"

„Komm und sieh dir Tarent an! Ein gigantisches Industriemuseum! Das größte Stahlwerk Europas! Nach den großen Versprechungen der 1960er auf Wohlstand und Fortschritt sind uns jetzt hohe Arbeitslosigkeit, eine absurd hohe Krebsrate, eine zerbröckelnde Altstadt, disfunktionale Vorstädte und außerdem eine extrem hässliche Stadtansicht geblieben."

„Tarent steht auf meiner mentalen Liste. Ich wollte dich sowieso im Antiquariat besuchen kommen. Das kann ich dann ja wohl auch unter der Woche machen."

„Gerne!"

„Hast du noch mehr zu erzählen?“

„In Otranto soll es um die Jahrtausendwende, vielleicht auch bereits im 9. Jahrhundert, ein im Schichtsystem gemeinsam von Juden, Christen und Muslimen genutztes Gotteshaus gegeben haben, und zwar an genau der Stelle, an der heute die Kathedrale mit dem berühmten Bodenmosaik steht. Ich kann aber nirgends eine historische Quelle dazu finden, die das belegt. Zu Otranto komme ich später nochmal. Ansonsten habe ich nichts aus der Zeit des Emirats von Bari gefunden. Im 13. Jahrhundert dann, 400 Jahre später, lässt der Stauferkönig Friedrich II die aus Sizilien vertriebenen Muslime in Apulien eine neue Stadt gründen, Lucera, die einige Jahrzehnte lang außergewöhnliche Privilegien genießt und im Gegenzug den König unterstützt, unter anderem indem sie dessen Leibwache und die Elitetruppe unter den Bogenschützen stellt. Im Jahr 1300 zerstört der König von Neapel, Karl II, die Stadt, offiziell weil er die Schmach nicht erdulden kann, eine muslimische Stadt auf italienischem Boden zu sehen, in Wahrheit aber wohl, um sich die fruchtbare Ebene um Lucera und den ertragreichen Weizenhandel unter den Nagel zu reißen.“

„Kommt mir irgendwie bekannt vor. Die Geschichte wiederholt sich.“

„Ich muss dir wohl nicht sagen, was mit der Bevölkerung geschah?“, fragte Alessandra.

„Ich kann es mir denken. Wenn ich mal kurz zusammenfassen darf: Europäische Herrscher holen sich sarazenische Söldner ins Land, um sie gegen ihre Feinde zu benutzen und wundern sich dann, wenn sie sich nicht sofort wieder in Luft auflösen. Sehe ich das richtig?“

„Die Geister, die ich rief... Da ist was dran. Aber lass mich eben zum Ende kommen; mir bleibt jetzt nur noch, zum Ende des Mittelalters und in die frühe Neuzeit zu springen und von den Angriffen osmanischer Piraten auf italienische Küstenstädte zu berichten. Wobei die Piraten oft genug von feindlichen Handelsstädten angeworben wurden, als Freibeuter sozusagen. Das war eine der Taktiken, die beispielsweise Venedig oder Genua gerne gegen Rivalen anwandten. Einer der ersten Raubzüge dieser Art, und zugleich einer der blutigsten, war 1480, als eine osmanische Flotte Otranto, von dem eben schon die Rede war, attackierte und im Zuge der Eroberung mehr als 800 einflussreiche Männer der Stadt getötet wurden. Vor ein paar Jahren wurden sie von Papst Franziskus als Märtyrer heiliggesprochen; das war damals überall in der Presse."

„Alle 800 sind Heilige? Und nur Männer?", fragte Lia.

„Natürlich, wo denkst du hin! Die Frauen wurden natürlich in die Sklaverei verkauft, wie es sich geziemte. Die Überlieferung besagt, dass die Männer getötet wurden, weil sie sich weigerten, zum Islam überzutreten. In dem Artikel hier steht aber, dass es zeitgenössische Quellen gibt, denen zufolge sie Kämpfer waren, Verteidiger der Stadt, die sich schlicht weigerten, sich zu ergeben und die Stadt den Osmanen zu überlassen. Religion hatte gar nichts mit ihrer Ermordung zu tun."

„Na, aber tot waren sie dann trotzdem."

„Sicher, für die Opfer machte es seinerzeit keinen Unterschied. Wohl aber für arglose Katholiken heute."

„Die Welt ist ein Sumpf!"

„Ist sie nicht, sieh dich um! Lauter freundliche und friedliche Menschen, die in einer schönen Landschaft in einem gepflegten Städtchen ihren Tätigkeiten nachgehen und vom Gesetz in ihrer Freiheit beschützt werden: Leben und Leben lassen. Ich finde, wir sind ganz schön weit gekommen, abgesehen natürlich von gelegentlichen Ausnahmen."

„Du bist Optimistin, ich bin Historikerin; das hatten wir doch schon. Aber vielleicht hast du Recht. Sag mal, findest du, dass wir beide in unserer Suche weitergekommen sind? Ich kann noch gar keinen Anknüpfungspunkt mit Zia Janns Geschichte finden, aber wir sind ja auch erst ganz am Anfang. Immerhin haben wir bestätigt, dass es hier im Mittelalter eine ganze Menge Araber gab, die auch den einen oder anderen Schatz verloren haben könnten. Als Nächstes werde ich auf die Suche nach den *giacomini* gehen. Magst du auch noch einen Kaffee trinken?"

„Unbedingt. Dann muss ich aber auch langsam los; ich habe später noch einen Termin in der Stadt und ab morgen muss ich wieder ins Geschäft. Bis dahin wollte ich noch ein paar Kataloge durchsehen. Ich hole dich am Sonntag ab und wir fahren zusammen nach Bari?"

„Vielleicht komme ich vorher noch bei dir im Laden vorbei, Freitag oder Samstag. Wäre das in Ordnung? Bis dahin recherchiere ich noch ein wenig weiter; jetzt weiß ich ja, wo ich in der Gegend bequem ins Internet komme."

Die beiden Frauen tranken noch einen schnellen Kaffee im Stehen drinnen an der Bar, bezahlten und Alessandra setzte Lia bei Zia Jann ab, wo sicherlich eine Menge Arbeit auf sie wartete.

Am Abend klingelte Lias Mobiltelefon. Sie sah sofort auf dem Display, dass es sich um ihre Familie in Worms handeln musste.

„Lia, Liebes!"

„Ciao Mama! Schön, dass du anrufst. Wie geht es dir?"

„Ich muss ja schließlich anrufen, wenn du es nicht tust. Bei uns ist alles in Ordnung? Und bei dir? Was macht Zia Jann?"

„Es geht ihr gut, den Umständen entsprechend. Sie redet ja nicht allzu viel und ich muss ihr alles aus der Nase ziehen, außer sie erzählt ihre Legenden und Geschichten. Über Onkel 'Ncìccu redet sie manchmal und dann lächelt sie traurig, aber das ist es dann auch. Hast du mal mit ihr gesprochen?"

„Natürlich habe ich das. Aber wie du sagst, es ist schwierig, etwas aus ihr heraus zu bekommen. Wie geht es dir denn?"

„Bei mit ist alles okay; die Zeit hier tut mir echt gut. Zia Jann ist etwas verschroben, aber auf eine gute Art. Ich habe in den letzten paar Wochen wahnsinnig viel gelernt. Sie sollte sich wirklich mal mit einem Volkskundler unterhalten. Man könnte ein ganzes Buch über sie schreiben", sagte Lia.

„Wahrscheinlich. Wann hast du vor, wieder zurück zu kommen?"

„Warum, braucht Ihr mich?"

„Immer doch!" Lias Mutter lachte. „Nein, ich wollte nur in Erfahrung bringen, was du in nächster Zeit so vorhast."

„Zia Jann hat mir einen Auftrag erteilt."

„Einen Auftrag?" Lias Mutter klang erstaunt.

„Ja, einen Auftrag. Ich soll eine alte Familiengeschichte entschlüsseln, etwas über einen verschwundenen Schatz aus der Zeit der Araber in Apulien, verschlüsselt in einer über Generationen hinweg tradierten Legende. Erinnerst du dich an eine Geschichte über einen *laurieddhu* und den verschwundenen Schatz der *giacomini*?"

„Um Himmels Willen, ja, davon hat meine Großmutter immer erzählt. Die Geschichte hatte ich ganz vergessen. Irgendetwas mit einem Typen mit einer riesigen Nase, einem Gnom und einem Olivenhain. Aber das ist doch nur ein Märchen!"

„Eine Legende", korrigierte Lia. „Und die meisten Legenden haben einen wahren Kern. Ich habe mir vorgenommen, herauszufinden, wer diese *giacomini* sind."

„Tu das ruhig. Aber verlier dich nicht in dieser Suche. Denk daran, dass du eigentlich auf der Suche nach einem festen Job sein müsstest. Ich muss dich ja nicht daran erinnern, dass du schon über dreißig bist. Es ist jetzt nicht mehr die Zeit, um endlos herumzuhängen. Denk daran: du kannst immer noch in den Weinhandel einsteigen und den Laden übernehmen. Dann aber bitte Vollzeit. Irgendwann musst du dich entscheiden."

„Ja, Mama." Lia verdrehte die Augen. Diese Sätze hatte sie schon oft gehört. Sie kamen in regelmäßigen Abständen. Sie wusste, dass ihre Mutter es nur gut mit ihr meinte. In ihrem Alter war sie bereits verheiratet gewesen und hatte im Geschäft ihres Mannes gearbeitet. Aber Lia wollte nicht Geschichte studiert haben, um dann den Laden ihrer Eltern zu übernehmen. Wozu brauchte man überhaupt einen klassischen Vollzeitjob? Um mehr Geld zu verdienen, immer mehr Geld, um sich davon immer mehr unnötige Konsumgüter kaufen zu können? Eigentlich ging es ihr hier, wo sie alles selber machten, mit wenig Geld doch sehr gut. Es war erstaunlich, was man im Leben alles nicht brauchte. Und es war ja nicht so, dass sie nicht arbeiten würde, ganz im Gegenteil!

„Ach, noch etwas, das hätte ich fast vergessen", sagte ihre Mutter jetzt. „Dieser Typ, mit dem du mal zusammen warst, wie hieß der doch gleich...?"

„Rolf."

„Ja, genau, Rolf. Der war gestern hier im Laden und hat sich nach dir erkundigt. Er sagte, du gehst nie ans Telefon. Ich habe ihm gesagt, du seist in Italien. Da wollte er deine Nummer haben. Da habe ich ihm gesagt, du würdest schon selber entscheiden, wem du deine Nummer geben wolltest."

„Danke, Mama!"

Lia und ihre Mutter unterhielten sich noch ein wenig weiter. Lia versprach, sich regelmäßiger zu melden. Sie richteten einander Grüße an Familie und Bekannte aus und verabschiedeten sich schließlich.

VIII

Am folgenden Tag kam Lia erst am Nachmittag dazu, ihre Recherche im Café wieder aufzunehmen. Zwei Stunden, ebensoviele Kaffees und ein Eis später hatte sie die ominösen *giacomini* schließlich gefunden. Bingo! Still vor sich hin lächelnd packte sie ihren Laptop ein, zahlte die Rechnung und fuhr zurück zu Zia Jann, um bei den abendlichen Verrichtungen mit anzupacken. Sie würde ein bisschen vorarbeiten müssen, um am nächsten Tag guten Gewissens zu Alessandra nach Tarent fahren zu können. Zia Jann ließ sie gerne gehen: „Ich freue mich, dass du hier so schnell eine Freundin gefunden hast. Alessandra ist ein gutes Mädchen; Nico hat Glück."

Die Innenstadt von Tarent lag eine knappe halbe Autostunde entfernt. Als sie die bewaldeten Hügel, die das Itria-Tal von der ionischen Küste trennten, passierte, konnte Lia bereits von weitem die unter ihr liegende Stadt und den riesigen Industriekomplex mit seinen enormen Schloten sehen. Eine Dunstglocke lag über der Stadt. In der Ferne war gerade noch das offene Meer zu erkennen, davor lagen die beiden nahezu runden Lagunen des *mar piccolo,* vom offenen Meer, dem *mar grande,* getrennt durch die Insel, die den Borgo Antico von Tarent bildet, die eigentliche Altstadt, die Alessandra mit dem Adjektiv „zerbröckelnd" versehen hatte. Lia würde sich später noch ansehen, warum.

Das Antiquariat, in dem Alessandra arbeitete, lag im *borgo nuovo*, dem modernen Teil der Innenstadt mit seinen breiten Boulevards und prächtigen Fassaden. Auf dem Corso, der Via D'Aquino, der den Fußgängern vorbehalten war, reihten sich die Geschäfte der üblichen Verdächtigen der großen Modeketten aneinander, unterbrochen hauptsächlich von Konditoreien und Eiscafés. In den Nebenstraßen aber, wo das ein oder andere einstmals gutbürgerliche Haus unter Umständen noch nicht auf ganzer Linie renoviert war, lagen die kleinen Läden des Einzelhandels, darunter auch die antiquarische Buchhandlung des Signor Blasi. Sie war nicht groß, dafür aber so vollgestellt, dass man sich nur vorsichtig zwischen Regalen und Büchertischen durchschlängeln konnte. Gut die Hälfte der Oberfläche nahm das moderne Antiquariat mit neueren, aber gebrauchten Büchern für die Laufkundschaft ein, dort, direkt hinter dem Eingangsbereich, standen auch die gemischten Büchertische. Wenn man aber in die hintere Raumhälfte geschlüpft war, die von großen Buchregalen vom vorderen Bereich getrennt war, gelangte man zu den antiquarischen Büchern. Auch hier standen keine wirklichen Kostbarkeiten, die waren im Safe eingeschlossen, aber die optische und auch die olfaktorische Wirkung war doch eine andere. Alte Bücher verströmen ein ganz besonderes Aroma, ein bisschen nach frisch gemähtem Gras, säuerlich, mit einem Hauch Vanille. Die vorherrschenden Farben waren dunkler, bräunlicher, die Schriften auf den Titelseiten aufwändiger gestaltet. Es waren viele Noten und Libretti darunter, dazu Gedichtbände und zahlreiche Lehrbücher der vergangenen 150 Jahre. Nur ganz wenige Bücher hier waren älter.

Lia fand Alessandra auf einer Leiter im hinteren Bereich; im Geschäft befand sich zur Zeit keine Kundschaft.

„Lia, schön dich zu sehen!“

„Nett hast du's hier! Hast du ein paar Minuten Zeit?“

„Die Kundschaft rennt mir ja nicht gerade die Bude ein. Warte, ich komm' runter, dann können wir uns in die Ecke da setzen.“

'Die Ecke da' bestand aus zwei nicht zusammenpassenden Holzstühlen und einem verdächtig wackelig aussehenden Kaffeetischchen.

„Hast du etwas herausgefunden?“, fragte Alessandra.

„Du wirst es nicht glauben! Ich habe die *giacomini* gefunden.“

„So schnell? Erzähl! Ich höre dir zu.“

„Der Anfang ist ganz einfach; dann wird es etwas verworren. Zuerst der einfache Teil: Mit *giacomini* sind eigentlich *giacobiti* gemeint, Jakobiter, nämlich syrische Christen. Die Jakobiter gibt es immer noch, nur werden sie nicht gerne so genannt; der offizielle Name lautet Syrisch-Orthodoxe Kirche von Antiochien. Der Spitzname Jakobiter geht auf den Begründer der Kirche, Jakob Baradai, zurück, der im 6. Jahrhundert lebte und aus der Gegend von Harran in der heutigen Südosttürkei stammte. Er wurde von seiner Familie schon im zarten Alter von zwei Jahren in ein Kloster gegeben, um dort Bildung zu erwerben.“

„Nicht sehr nett von seinen Eltern.“

„Aber durchaus nicht unüblich. Wie auch immer, als seine Mutter ihn einige Jahre später wieder nach Hause holen wollte, soll er rundherum abgelehnt haben, er habe sein Leben nun Gott geweiht. Als Priester soll er mehrere Wunder gewirkt haben: Blinde wieder sehend gemacht, Tote erweckt, Regen erwirkt, sogar den Lauf der Sonne soll er angehalten haben.“

„Kunststück, wenn die Sonne doch im Zentrum unseres Sonnensystems stillsteht."

„Das wussten diese Leute aber nicht. Schließlich wird er zum Bischof von Edessa, dem heutigen Urfa, ernannt. Er zerstreitet sich mit mehreren Theologen seiner Zeit über Fragen nach der Natur Gottes, die sich mir nicht wirklich erschließen, was fast zu einer weiteren Kirchenspaltung geführt hätte. Das wäre weder die erste noch die letzte gewesen, da wird die Geschichte nämlich kompliziert; ich kürze das hier mal ab. Zumindest führen diverse Kirchenspaltungen dazu, dass es heutzutage im Nahen Osten die syrisch-orthodoxe Kirche, die syrisch-katholische Kirche, die maronitische Kirche, die assyrische Kirche, die chaldäische Kirche, die melkitische Kirche, die griechisch-orthodoxe Kirche und die Alte Kirche des Ostens gibt. Das haben auch schon damals die Wenigsten durchblickt, wobei es zu der Zeit auch noch zig andere christliche Gruppierungen gab, wie zum Beispiel die Bardaisaniten, Markioniten oder Manichäer. Daher kam es immer wieder zu Verwechslungen und Verallgemeinerungen.Wie dem auch sei, besagter Jakob Baradai war besonders für seine strenge Askese bekannt, aus der sich das syrische Mönchtum entwickelte. 'Baradai' heißt 'der Zerlumpte', soviel nur zu seinem Kleidungsstil. Das besondere an den syrischen Mönchen ist, dass sie nicht zwangsläufig in Gemeinschaften leben, sondern das einsame Leben als Eremit vorziehen. Auch waren sie für ihre Leibfeindlichkeit berühmt, so beispielsweise Simeon der Säulenheilige, der mehrere Jahrzehnte lang oben auf einer Säule gelebt haben und sie nie verlassen haben soll, wobei er fastete und sich brutal kasteite. Das war zugegebenermaßen ein Extremfall. Jetzt wird es interessant: Trotz der bevorzugt eremitischen Lebensweise finden sich die Mönche der syrischen Tradition in Siedlungen oder Klöstern zusammen und werden zu Zentren der Gelehrsamkeit, wobei sie die

Texte der griechischen Gelehrten sowohl ins Syrische als auch ins Arabische übersetzten und so große Bibliotheken anlegten. Später arbeiteten sie sogar für die Kalifen in Baghdad. An dem Punkt setzen jetzt die Verwechslungen durch Zeitgenossen und spätere Autoren mit anderen Gruppen ein. Ebenfalls in der Region, durch die heute die türkisch-syrische Grenze verläuft, und zwar in Harran, der biblischen Heimat Abrahams, gab es eine Gruppe, die sich bereits seit Jahrhunderten mit der Übersetzung und Überlieferung von Wissen befasste, nämlich die Sabier. Die sind zwar eigentlich heidnischen Ursprungs, werden aber von den Muslimen als ein Volk des Buches, das den einen Gott anbetet, anerkannt. Die beiden Gruppen, Jakobiter und Sabier werden im Laufe der Zeit gerne zusammengewürfelt. Gelehrte beider Gruppen gewinnen durch ihre Kenntnisse die Anerkennung der abbasidischen Kalifen und helfen bei der Administration des Reiches und beim Aufbau des berühmten 'Hauses der Weisheit' in Baghdad. Diese Sabier sind übrigens sehr interessant: Sie bilden die letzte einflussreiche Gruppe, die weder christianisiert noch islamisiert wurde und trotzdem von beiden Seiten geachtet wird. In Harran lebt der Geist der griechischen Akademien fort, dort wird antikes Wissen tradiert und übersetzt. Manche Autoren sprechen von einem Refugium antiker Philosophie. Die Akademie von Harran gilt als die erste Universität, auch wenn man über die Definition des Worts 'Universität' streiten kann. Die Sabier stehen aber nicht nur in der Tradition griechischer Philosophen, sie propagieren auf der einen Seite die Forschung durch eigene Erfahrung, also das Experiment, auf der anderen Seite stecken sie knietief in magisch-mystischen Traditionen und berufen sich auf Hermes Trismegistos als ihren Propheten. Das ist der, der das *Corpus Hermeticum* und die *Tabula Smaragdina* geschrieben haben soll.“

„Darüber haben wir ein Traktat aus dem 17. Jahrhundert im Tresor! Die Schriften waren bei Naturphilosophen und Esoterikern der frühen Neuzeit wahnsinnig beliebt. Als antiquarische Bücher gehen sie immer noch weg wie warme Semmeln."

„Genau. Und es geht noch weiter. Diese Mischung aus Naturwissenschaft und Mystik führt zur Erfindung der Alchemie. In einer ihrer Schriften finden wir eine der ersten Erwähnungen des Steins der Weisen, der als *al-iksir* bezeichnet wird, daher kommt unser Wort Elixier."

„Wahnsinn! Ich wusste gar nicht, dass diese Ideen so alt sind."

„Aber die Sabier begründen nicht nur esoterische Lehren, sondern forschen auch in den Bereichen der Medizin, der Astronomie und der Mathematik."

„Ich kann kaum glauben, dass sich ausgerechnet asketische Christen, experimentierende Heiden und expandierende Muslime so gut verstanden haben sollen, dass sie friedlich zusammen ein wissenschaftliches Großprojekt wie das Haus der Weisheit aufbauen konnten", warf Alessandra ein.

„Die Menschen in der Vergangenheit waren oftmals toleranter, als wir so denken. Vielleicht waren sie auch einfach nur pragmatisch. Ich selbst denke, dass es eine Zeit großer Neugier war, eine Umbruchphase, in der man Neues wagen durfte. Ich bin aber noch nicht fertig; allerdings wird es noch verworrener. Jetzt kommt nämlich eine dritte Gruppe ins Spiel und mit der springen wir endlich nach Apulien: Ab dem 8. Jahrhundert gründen basilianische Mönche, griechisch-orthodox zwar, aber in der Tradition des syrischen eremitischen Mönchtums, lose Gemeinschaften in Felsenstädten. Sie beriefen sich auf den heiligen Basilius von Caesarea, der aus Anatolien stammte und in seiner Mönchsregel die Askese mit dem Studium verband. Basilius befürwortete ausdrücklich die Beschäftigung mit den antiken Schriften. Wahrscheinlich wurden die Basilianer im Zuge des byzantinischen Bilderstreits aus dem Orient vertrieben. Dort hatte der byzantinische Kaiser befohlen, alle Mosaiken und Fresken zu zertrümmern und die Ikonen ins Feuer zu werfen. Dabei wurden viele Mönche, die ihre Kirchen verteidigen wollten, getötet. Die Überlebenden fliehen nach Apulien und lassen sich hier in Höhleneinsiedeleien nieder. Die Regeln des Heiligen Pakomius sagen viel über die Lebensweise dieser Mönche – warte mal, hier hab ich das Zitat: 'In den Zellen sollen sie nur eine Matte zum Schlafen haben, dazu eine einzige Tunika, einen Mantel aus Leinen, ein Ziegenfell, ein Paar Sandalen und einen Wanderstock.' Kleidung wechseln und waschen war wohl nicht vorgesehen. Nach Ende des Bilderstreits treten sie an die Öffentlichkeit und befassen sich mit der Verbreitung von Bildung und dem Übersetzen von Schriften. In der hiesigen lokalen Tradition verschmelzen dann die Jakobiter, die bereits zuvor mit den Sabiern zusammengewürfelt wurden, mit den Basilianern und voilà – hier sind die *giacomini*."

„Spannend!"

Lia fuhr fort. „Es geht noch weiter: Die Höhlen, in die sich die Basilianer vor ihren Verfolgern zurückziehen, wurden im Dialekt *laure* genannt. Ihre Bewohner, in zerlumpte Mönchskutten mit Kapuzen gekleidet, ihre Höhlen oft nur nachts verlassend, um nicht den Ikonoklasten in die Hände zu fallen, wurden nach ihren Behausungen als *lauru* bezeichnet. Die Figur des Späße treibenden Gnoms verschmilzt für die Bauern der Umgebung mit diesen seltsamen Mönchsgestalten, die in ihren Höhlen weiß Gott was horten. In der Verkleinerungsform wird *lauru* dann zu *laurieddhu*, und damit hätten wir auch diese Bande identifiziert. Weiter im Süden, im Salento, werden die gleichen Wesen übrigens immer noch als *monacu* oder *monachicchiu*, also als 'Mönchlein' bezeichnet", beendete Lia ihre Ausführungen.

„Moment, du möchtest mir sagen, dass unsere kleinen närrischen *laurieddhu* mit den *giacomini* identisch sind, und dass beide nichts anderes darstellen als eine volkstümliche Erklärung für die Anwesenheit zotteliger Mönche aus dem Orient?"

„Genau das will ich dir sagen."

„Das hieße ja, der ominöse Schatz der *giacomini* müsste von Eremiten in einer ihrer Höhlen versteckt worden sein. Was könnte das sein, liturgische Geräte oder Reliquiare vielleicht?"

„Kein Gold, das hat Zia Jann doch ausdrücklich betont."

„Der Stein der Weisen!"

„Jetzt werd' nicht albern!"

„Manuskripte?"

„Das würde schon eher Sinn machen, meinst du nicht?"

„Was mich an der Sache am meisten interessiert, sind die Höhlensiedlungen. Ich meine, davon gibt es eine ganze Menge, einige gut erforscht, andere weniger."

„Erzähl mir von den Höhlensiedlungen!", forderte Lia Alessandra auf. „Ich würde gerne mal welche besuchen."

„Kein Problem. Also zunächst einmal: Hier gibt es so viele Grotten, weil ober- und unterirdische Flüsse seit hunderttausenden von Jahren das Karstgestein durchspülen. Oberirdische Flüsse gibt es gar keine mehr, wohl aber die unterirdischen. Da, wo in grauer Vorzeit oberirdisches Wasser Richtung Meer abgeflossen ist, haben wir eine ganze Reihe kleiner Canyons, und zwar auf beiden Küstenseiten Apuliens. Auf der adriatischen Seite heißen sie *lame*, auf der ionischen Seite *gravine*. In diesen Canyons wiederum gibt es Höhlen, die von den

Menschen, die dort lebten, zu ganzen Siedlungen ausgebaut wurden, mit Häusern, Lagerräumen, Zisternen, Ställen und natürlich Kirchen. Die berühmteste Höhlenstadt ist Matera, aber das liegt etwas weiter weg, an der Grenze zur Basilikata. Matera ist durch seine Größe ein Sonderfall; die meisten Siedlungen sind viel kleiner, dafür gibt es unzählige davon. Dann gibt es noch die Grottenkirchen, manchmal innerhalb einer Siedlung, manchmal mitten auf dem Land. Außerdem haben wir unterirdische Ölmühlen, Hypogäen und Grabkapellen, selbst hier um die Ecke, mitten in Tarent ist eine. Und das sind nur die von Menschen bearbeiteten Höhlen. Wenn ich mich nicht irre, dürften das so um die tausend sein. Hinzu kommen über 2300 natürliche Höhlen, von denen die allermeisten nur geschulten Höhlenforschern zugänglich sind, auch weil viele seltene Arten in ihnen nisten."

„Tausende! Das wird nicht leicht."

„Sag mal", warf Alessandra zögernd ein, „du bist dir schon im Klaren, dass du hier einem Phantom nachjagst? Deine Schatzsuche beruht auf Theorien, die wiederum alle auf einer einzigen Legende basieren. Ich will dir ja nicht den Spaß verderben, aber bist du dir sicher, dass du das Ernst meinst?"

„Nein, bin ich nicht. Ganz ehrlich, ich weiß nicht, ob es eine bestimmte Grotte oder Höhle oder Einsiedelei oder was auch immer gibt, die es zu suchen gilt. Aber ich glaube, dass es historische Hintergründe und Zusammenhänge gibt, die sich aufzudecken durchaus lohnen. Die Schatzsuche, wie du sie nennst, oder die Suche nach einer bestimmten Höhle, falls es sie jemals gegeben hätte, ist nur das Tüpfelchen auf dem 'i', der Spaßfaktor sozusagen. Willst du mir helfen?"

„Auf jeden Fall! Ich wollte nur noch mal sicherstellen, dass du dich da nicht in irgendetwas verrennst. Wenn du die Suche mit Spaß verbindest, bin ich dabei!“

„Es ist die reine Neugier. Können wir heute die Grottenkirche hier in der Stadt besuchen?“, fragte Lia.

„Die Krypta des Erlösers? Das dürfte kein Problem sein. Sieh mal, in einer Stunde kann ich hier weg, dann machen wir einen kurzen Abstecher, bevor die Krypta zumacht, machen einen Spaziergang durch die Innenstadt und suchen uns eine Kleinigkeit zum Essen, was hältst du davon? In der Zwischenzeit kannst du dich bei den Büchern umsehen.“

„Klingt hervorragend. Könnte mal ich einen Blick auf dieses alchemistische Traktat aus dem 17. Jahrhundert werfen?“

„Hmm“, Alessandra zögerte. „Gut, ausnahmsweise.“

Bei dem Traktat handelte es sich um Isaac Casaubons *De rebus sacris et ecclesiasticis exercitationes* in einer Auflage von 1654. Der volle Titel lautete auf dem in roter und schwarzer Tinte bedruckten, mit dem Bild einer pompösen Krone verzierten Titelblatt: '*De rebus sacris et ecclesiasticis exercitationes XVI ad cardinalis baronii: prolegomena in annales et primam eorum partem, de D.N. Iesu Christi nativitate, vita, passione, assumptione: cum prolegomenis auctoris, in quibus de Baronianis Annalibus candide disputatur*'.

„Klingt nach einem religiösen Traktat über das Leben Christi. Wie passt das zu alchemistischen Schriften?“, wunderte sich Lia.

„Ganz einfach. Der Autor war der erste, der nachgewiesen hat, dass das Corpus Hermeticum nach Christus entstanden sein muss, was mittlerweile allgemein anerkannt ist. Zuvor hatte man noch geglaubt, es gebe eine uralte Weisheit aus altägyptischer und mosaischer Zeit wieder. Stattdessen stammt es aus der Spätantike. Die Schrift hat bei seinem Erscheinen einen ziemlichen Wirbel unter den damaligen Gelehrten ausgelöst, die unbedingt an altehrwürdiges esoterisches Wissen glauben wollten. Es gibt viele Liebhaber, die ordentlich für eine solch frühe Ausgabe zahlen würden."

Rechtzeitig bevor die Krypta des Erlösers in der Innenstadt für die Mittagspause schließen würde, kamen Lia und Alessandra nach nur wenigen Minuten Fußmarsch dort an. Sie stiegen eine schmale, steile Treppe hinab. Der recht kleine unterirdische, aus dem Felsen gehauene Raum besaß mehrere Wandnischen und eine Apsis, alles mit Fresken ausgemalt. Die Apsis stellte – ganz klassisch – den triumphierenden Christus dar, flankiert von seiner Mutter und dem heiligen Johannes dem Täufer, dar. An den Seitenwänden verrieten Inschriften die Namen der dargestellten Heiligen. Alessandra stellte sie vor: „Das hier ist der heilige Blasius, ein klassischer Grottenheiliger übrigens, weil er sich der Legende zufolge selber vor seinen Verfolgern in einer Höhle versteckte und dort von wilden Tieren bewacht und von Vögeln ernährt wurde; hier haben wir den heiligen Euplus und dort den heiligen Basilius."

„Sieh an", bemerkte Lia, „der heilige Basilius. Da ist er ja schon. Ich hätte nicht gedacht, dass wir uns so schnell begegnen würden. Was weiß man über diesen Ort?"

„Das ist eigentlich nur eine kleine Kapelle, entstanden aus einer umdekorierten römischen Grabkammer. Kapellen wie diese gibt es einige. Die Fresken, so wie du sie jetzt siehst, stammen aus dem 12. Jahrhundert, aber ihre Ursprünge gehen bis in das 9. Jahrhundert zurück, genau die Zeit, die uns interessiert. Der Legende nach ist die Kapelle noch viel älter, vermutlich sogar die älteste Kirche Tarents. Der heilige Petrus selber soll diesen Ort dem heiligen Johannes dem Täufer geweiht haben, wobei eine bronzene Zeusstatue, die hier stand, in dem Moment, in dem Petrus das Kreuzzeichen machte, in tausend Stücke zersplittert sei."

„Das Kreuzzeichen stammt erst aus dem 8. Jahrhundert", wandte Lia ein. „Ich glaube nicht, dass Petrus es machte."

„Ist doch auch egal. Es handelt sich um eine Legende und sie beschreibt eben eine Segenshandlung, egal wie. Jedenfalls ist die Ausstattung byzantinisch, die Fresken ursprünglich aus dem 9. Jahrhundert und hier haben wir den heiligen Basilius. Es könnte sich bei der Krypta durchaus um eine von Basilianern genutzte Kirche handeln. Eine von vielen, versteht sich."

Anschließend spazierten Lia und Alessandra über die Drehbrücke, die den *borgo nuovo,* die Neustadt, von der Insel des *borgo antico* trennte, vorbei an der Festung Sant'Angelo, und schlenderten durch die Gassen der Altstadt. Lia war überrascht von so viel Vernachlässigung und Verfall. Ehemals prächtige *palazzi* und Bürgerhäuser bröckelten schmutziggrau vor sich hin, bei manchen fehlten ganze Teile der Außenwände und einige Teile der Altstadt sahen aus, als wäre hier eine Bombe eingeschlagen. Winzige Ladengeschäfte boten Snacks und Getränke an, aber ansonsten war nicht viel los. Als sie auf die dem *mar piccolo* zugewandte Seite der Küstenpromenade abbogen, reihten sich kleine Fischgeschäfte und sympathisch wirkende Fischrestaurants aneinander.

„Hier liegt aber so Einiges im Argen", bemerkte Lia. „Was ist passiert?"

„Die Altstadt ist so gut wie verlassen. Der Süden Italiens ist noch im

20. Jahrhundert lange vernachlässigt worden, Verhältnisse wie in der ‚Dritten Welt' – und das im damals aufstrebenden Europa! Ein Skandal! So konnte und durfte es nicht bleiben. Vorwärts sollte es gehen und aufwärts, fortschrittlich eben, wie in Italiens Norden. Industrie musste her und wurde gefördert. Mit dem Stahlwerk kam der Fortschritt und mit dem Fortschritt kamen die ach so modernen Wohnsiedlungen. Nun war die vernachlässigte Altstadt nicht nur heruntergekommen, sondern auch noch unmodern, eben alt, veraltet; hier wollte keiner mehr leben. Und seit der Stahlkrise geht es erst recht bergab. Ab Mitte der 70er Jahre hat sich die Bevölkerung der Altstadt von 10.000 Einwohnern auf weniger als 2.000 verringert. Seitdem verfallen die leerstehenden Gebäude gänzlich. Die Stadtverwaltung hat kein Geld und hat vor einigen Jahren sogar Insolvenz anmelden müssen. Jetzt ist die Altstadt ein sozialer Hotspot mit hoher Jugendarbeitslosigkeit. Aber trotz alledem: Guten Fisch gibt es immer noch. Hast du Hunger? Magst du Muscheln?"

„Hm, geht so. Fisch mit Flossen und Schuppen ist mir lieber."

„Na dann lass uns doch da vorne etwas essen gehen." Und so beendeten sie ihren Ausflug kulinarisch.

خ

Im Frühling des Jahres 253 nach der Hedschra griff Kaiser Ludwig zum ersten Mal an. Zuerst eroberte er Oria und Matera, letzteres brannte er vollkommen nieder und machte es dem Erdboden gleich. Als er die Handelsroute zwischen Bari und Tarent besetzte, griffen wir seine Truppen an und schlugen sie in die Flucht. Sie versuchten noch, mir und meinen Männern die Heimkehr in meine Stadt zu verwehren, aber wir gingen auch aus dieser blutigen Schlacht als Sieger hervor und ich kehrte ruhmreich in meinen Palast nach Bari zurück.

Auf dem Rückzug nach Canosa an der Grenze zum Fürstentum von Benevent verwüsteten die kaiserlichen Soldaten das Umland und vertrieben all seine Bewohner. Im darauf kommenden Frühjahr musste Ludwig sich erfolglos nach Benevent zurückziehen, wo er sich beim Fürsten Adelchis eingenistet hatte. Wäre Adelchis' Tochter Ageltrude noch als Geisel bei uns gewesen, hätte er sich dem fränkischen Kaiser gegenüber vermutlich weniger kooperativ gezeigt. Aber vielleicht hatte er auch keine Wahl. Von Benevent aus jedenfalls schmiedete Ludwig weiter sein Ränkespiel und begann Verhandlungen mit dem byzantinischen Kaiser Basileios, denn sein Rückzug war eine Niederlage, die er nicht hinnehmen wollte. Später berichtete man mir, dass Ludwig dem Byzantiner im Gegenzug für Militärhilfe seine eigene Tochter als Braut für Basileios' Sohn versprach, sein Verspre-

chen aber nie gehalten hatte. Im Gegenzug sprach der Byzantiner Basileios dem Franken Ludwig das Recht ab, sich Kaiser zu nennen.

Um die kaiserlichen Franken weiter in den Norden zurückzudrängen, drangen meine Truppen bis auf die Gargano-Halbinsel und zu dem christliche Heiligtum des Erzengels Mikail vor. Wichtig war mir vor allem, den Seehandel zwischen Bari und den Ländern des Ostens aufrecht zu erhalten, was mir auch zunächst noch gelang. Dennoch schickte ich Ablah und meine Kinder nach Balarm in Sicherheit.

Eines Abends teilte mir Abu Aaron seinen schon lange gehegten Wunsch mit, Bari zu verlassen und in das Land seiner Väter, Babylonien, heimzukehren. Ich wollte einen meiner besten Freunde und gebildetsten Berater nicht gehen lassen. Ich bat ihn, bettelte, argumentierte, versuchte ihm die Abreise zu verbieten, jedoch ohne Erfolg. Ich bat Ahmad und Yahya, es an meiner Statt zu versuchen, aber auch sie blieben erfolglos. Ich dehnte die Zeit bis zu seiner Abreise mit Tricks und Ausreden, aber schließlich musste ich mir eingestehen, dass es keinen Sinn hatte, einen fest entschlossenen Mann aufzuhalten zu versuchen. Schweren Herzens verabschiedeten sich Ahmad, Yahya und ich von Abu Aaron und er bestieg ein Schiff, das ihn nach Syrien bringen sollte. Des Freundes Nähe ist die Krone der Freude, gewaltsam jedoch lässt sich ein Freund weder gewinnen noch halten.

IX

In den nächsten Tagen war Lia wieder zu sehr auf dem Hof beschäftigt, um ihren Nachforschungen nachzugehen und auch Alessandra musste arbeiten. Es war die Zeit der Tomatenernte und daher musste Tomatensauce für das ganze Jahr eingekocht werden, was Zia Jann und Lia zwei ganze Tage in Anspruch nahm. Die Tomaten mussten nicht nur geerntet, sondern auch gekocht, passiert und in vorher ausgekochte Einmachgläser gefüllt werden. Sgubbàt beteiligte sich an der Aktion, indem er friedlich neben den Frauen auf dem Boden lag und gelegentlich schläfrig ein Auge öffnete. Die Hitze hatte mittlerweile tagsüber fast unerträgliche Ausmaße angenommen, daher konzentrierte sich die Arbeit auf den Morgen und auf den Abend. Einen weiteren Sonnenbrand hatte Lia zumindest nicht bekommen. Im Gegenteil, sie fand, dass sie braun geworden war wie noch nie und fit noch dazu. Trotz der mühevollen Arbeit, der Hitze, und des frühen Aufstehens fühlte sie sich so gut wie schon lange nicht mehr.

Für das folgende Wochenende hatte Alessandra sich vorgenommen, Lia ein wenig in der Region herumzuführen. Samstag vormittag war Lia mit Zia Jann zum Friedhof gefahren, um sich um Onkel 'Nciccus Grab zu kümmern. Am Nachmittag dann – nicht zu früh, wegen der Hitze – wollte sie ihr eine Höhlensiedlung und einige Grottenkirchen in der näheren Umgebung zeigen. Am Sonntag wollten sie dann früh, das heißt nach dem Melken der Schafe, nach Bari aufbrechen, wo auch

Nico wieder zu ihnen stoßen würde.

Sie fuhren mit Alessandras Auto zu einer *lama*, einem der Canyons, die ein urzeitlicher Fluss auf dem Weg zum Adriatischen Meer in den Fels gegraben hatte. Alessandra erklärte, über dieses Höhlendorf könne sie besonders viel erzählen, da sie hier vor ein paar Sommern als Reiseführerin für englischsprachige Touristen gejobbt hatte. Sie spazierten durch die Schlucht, die an beiden Seiten von ausgebauten Höhlen mit Türstürzen und Fensteröffnungen gesäumt war. In der Mitte wuchsen jahrhundertealte Olivenbäume, deren verdrehte Stämme und knorrige Äste zumindest etwas Schatten spendeten.

„Das Dorf hier stammt aus dem Mittelalter und war so ab dem 11. Jahrhundert bewohnt, was durch byzantinische Münzen und Keramik aus der Zeit belegt ist. Eine Einsiedelei hat es vielleicht schon vorher gegeben. Am Ende des Mittelalters war dies die größte Höhlensiedlung in ganz Apulien. Auf der Südseite liegen die Wohnhöhlen und Werkstätten, um Licht und Wärme zu nutzen, auf der Nordseite die Lagerhöhle.“, erklärte Alessandra.

Sie betraten einige der Wohnhöhlen, deren Inneneinrichtung größtenteils aus dem Fels gehauen waren: Betten, Bänke, Nischen, die als Regale fungierten, Schornsteine, Wasserbecken und Ringe an der Decke, die zum Aufhängen von Lebensmitteln fernab vom wahrscheinlich nagerverseuchten Fußboden dienten. Lia war begeistert. So etwas hatte sie noch nicht gesehen. Zuletzt besuchten sie die Kirche, die das Zentrum der Siedlung bildete. Sie war deutlich elaborierter ausgestattet, mit Bögen, Gewölben und Säulen, und bestand aus zwei durch eine Bogenreihe getrennten Schiffen. Die Apsis und der Altarraum waren auf Art der orthodoxen Ostkirchen durch eine niedrige Mauer vom

Hauptschiff getrennt. Die gesamte Kirche war mit Fresken ausgemalt, von denen einige gut erhalten waren; von anderen waren in den scharf umrissenen hellen Streifen, die das Sonnenlicht durch die Fensteröffnungen warf, nur noch als Fragmente zu erkennen. Am besten waren diejenigen in der seitlichen Bogenreihe sowie die im Altarraum und in der Apsis erhalten.

„Die Ausstattung in dieser Kirche ist wirklich interessant", fuhr Alessandra mit ihren Erklärungen fort, „und zwar, weil sich hier ost- und westkirchliche Elemente vereinigen. Normalerweise sind orthodoxe und lateinische Kirchen streng voneinander getrennt, hier aber nicht. Sieh mal, die beiden Heiligen neben der Apsis. Der eine ist ein typischer Heiliger der Ostkirche, der andere ein Heiliger der Westkirche. Und so geht es weiter; die ganze Kirche ist ein einziger großer Kompromiss und ein Zeichen des friedlichen Miteinanders."

„War das so üblich hier oder ist das die einzige Kirche ihrer Art?", fragte Lia.

„Sagen wir mal so: es gibt mehrere, aber diese völlige Durchdringung ist einzigartig. Es gibt in der Nähe, aber außerhalb des Dorfes, noch zwei kleiner Grottenkirchen. Deshalb geht man davon aus, dass auch Eremiten in den umliegenden Höhlen gelebt haben könnten."

„Kann man die Grotten irgendwie eingrenzen? Ich meine, wir suchen ja eine, die im 9. Jahrhundert genutzt wurde. Die hier sind alle später. Wie können wir herausfinden, welche aus der richtigen Zeit stammen? Wie viele, hattest du noch gesagt, bearbeitete Höhlen gibt es in Apulien?"

„So um die tausend." Alessandra schmunzelte. „Aber das mit der Eingrenzung ist ganz einfach. Unser Verein hat eine Datenbank mit allen bekannten Höhlen, unterirdischen Gängen, unterirdischen Flüssen, Grottenkirchen und Höhlensiedlungen. Die Datenbank hat Suchfunktionen und ist sogar öffentlich einsehbar."

„Aber das ist ja fantastisch! Los, lass uns ins Café fahren und eure Datenbank konsultieren! Ich könnte sowieso etwas Kaltes zu trinken gebrauchen."

Das Höhlenkataster erwies sich als wahre Fundgrube. Insgesamt umfasste es über 3.000 bekannte Höhlen in ganz Apulien, mit Koordinaten, Karte, Grundrissen, Fotos und Beschreibungen menschlicher und tierischer Aktivitäten.

„Kannst du diejenigen rausfiltern, die ausschließlich natürlich entstanden sind und keine Spuren menschlicher Bearbeitung aufweisen?", fragte Lia.

„Aber klar doch - Moment mal, so. Jetzt sind es nur noch 1.000. Jetzt die Provinzen! Ich denke, wir suchen einen Ort, der einmal zu Bari gehört hat, denn hier spielt unsere Geschichte."

„Ich würde noch die Provinzen Brindisi und Tarent hinzufügen, die auch zeitweise von Arabern dominiert waren und die in unserer Geschichte schließlich auch eine Rolle spielen. Somit sind nur die Provinzen Foggia und Lecce ausgeschlossen", wandte Lia ein.

„Kein Problem!", erwiderte Alessandra. Und, nach kurzer Pause: „Aktuell sind wir bei 280."

„Dann die Datierung: 9. Jahrhundert."

„Das ist jetzt nicht so einfach. Viele Höhlen sind gar nicht so genau erforscht. Wenn wir nur diejenigen mit bekannten Besiedlungsspuren aus dem 9. Jahrhundert herausfiltern, fallen all die undatierten heraus. Wer sagt denn, dass in deiner sagenhaften Schatzhöhle Fresken, Münzen oder Keramikscherben gefunden wurden?" Lia bemerkte die Formulierung „deine sagenhafte Schatzhöhle“, ignorierte sie aber tunlichst.

Alessandra fuhr unterdessen fort: „Ich denke, ich eliminiere lieber die Datensätze, die ausschließlich in andere Perioden datiert wurden. Das kann etwas dauern. Sei so lieb und bestell uns in der Zeit noch etwas zu trinken, ja?“

Am Ende blieben rund 70 Höhlen über. Immer noch eine ganze Menge. Lia begutachtete die Liste pessimistisch. „Immer noch viel zu viele“, dachte sie. „Die können wir doch nie im Leben alle aufsuchen. Falls wir überhaupt nach einer Höhle suchen. Und falls überhaupt noch Spuren der Araber zu finden sind, geschweige denn ein Schatz, wie auch immer der aussieht.“

Alessandra speicherte die Daten ab und versprach, ein Dossier über die in Frage kommenden Orte zu erstellen. Da es schon spät wurde, setzte Alessandra Lia am Trullo ab. Sie wollte heute Abend nach Hause fahren, da Nico von seiner Geschäftsreise zurückkehren würde. Am nächsten Morgen wollten sie dann endlich den längst versprochenen Ausflug nach Bari machen. Sgubbàt begrüßte Lia so stürmisch, wie er es mit seinen drei Beinen und seinem phlegmatischen Gemüt nur konnte. Zia Jann kam lächelnd auf sie zu; in der Hand hielt sie einen kleinen Gegenstand verborgen.

„Guten Abend, Lia, ich hoffe, ihr hattet einen schönen Nachmittag? Habt ihr die Höhlen der Heiligen besucht?“

„Das haben wir, Zia. Ich wette, du kannst jede Menge Geschichten zu dem Thema erzählen.“

„Mir fällt bestimmt eine Geschichte für heute Abend ein.“ Zia Jann lächelte verschmitzt. „Aber nun sieh doch erstmal, was mir die Krähe heute gebracht hat.“ Sie öffnete ihre Hand. Darin lag ein orangeroter, völlig ovaler Stein. Lia nahm ihn in die Hand und begutachtete ihn näher.

„Kannst du mir sagen, was das ist, Lia? Das scheint mir etwas besonderes zu sein, zumindest im Vergleich zu den üblichen Knöpfen."

„Das ist eine Gemme, ein geschliffener Halbedelstein. Karneol, würde ich sagen. Hier ist etwas eingeritzt, warte mal!" Sie hielt den Stein gegen das Licht. „Das ist ja eine Inschrift! Ich kann aber nichts lesen, ich glaube, das ist Arabisch. Siehst du die Schnörkel hier, Zia?"

„Die da? Das ist Arabisch? Sieht aus wie die Handschrift meines Bruders – Gott habe ihn selig – die konnte ich auch nie lesen."

„Das ist superspannend, Zia Jann, wer weiß, wo die Krähe den gefunden hat. Wenn der wirklich einfach irgendwo in einem Feld rumlag, aufgewühlt von einem Pflug, sowas passiert, dann heißt das, dass die Araber tatsächlich ihre Spuren hier hinterlassen haben." Lia war sichtlich aufgeregt. Der Fund der Gemme hatte ihren vorangegangen Pessimismus in Luft aufgelöst.

„Sehr schön", sagte Zia Jann ruhig, „dann hatte ich also Recht. In jeder Legende steckt ein Körnchen Wahrheit. Der Stein wird einen Ehrenplatz in meinem Krähenschatz erhalten. Und jetzt komm, hilf mir in der Küche und dann essen wir zu Abend. Ich muss dir doch noch eine Geschichte von den Höhlenheiligen erzählen."

Und nach dem Abendessen erzählte sie: „Dies ist die Geschichte von den sieben Schläfern in der Höhle von Ephesus. Damals hatte das Wort Schläfer noch keine negative Bedeutung, von wegen Terroristen und so, sondern beschrieb einfach eine schlafende Person. Ja," fügte sie hinzu, „auch ich höre die Nachrichten im Radio. Jedenfalls verfolgt der römische Kaiser die frühen Christen und lässt sie hinrichten. Als er sich auf

Reisen in Kleinasien befindet, werden ihm sieben junge christliche Männer aus den vornehmsten Familien der Provinz vorgeführt. Er stellt sie vor die Wahl, den heidnischen Göttern ein Opfer darzubringen oder den Märtyrertod zu sterben. Sie weigern sich, den Göttern zu opfern, werden aber dennoch erstmal verschont, da sie aus reichen und einflussreichen Familien stammen. In der Zwischenzeit beschließen die sieben Jünglinge, sich in einer Höhle zu verstecken und sich dort dem Gebet zu widmen. Als ihnen schließlich das Brot ausgeht, beten sie zu Gott und legen ihr Schicksal in seine Hand. Darüber fallen sie in einen tiefen Schlaf. In der Zwischenzeit haben die Schergen des Kaisers den Unterschlupf der sieben Freunde aufgespürt, und als sie die Gesuchten schlafend vorfinden, lässt der Kaiser den Zugang zur Höhle mit großen Steinen zumauern, auf dass sie lebend begraben seien und in jenem Kerker elend sterben mögen. Zwei Diener des Kaisers aber, die dabei waren, schreiben die Geschehnisse auf und verstecken die Schrifttafeln am Eingang der Höhle. Zweihundert Jahre später möchte ein Bauer einen Stall bauen und schafft zu diesem Zweck die Steine vor dem Eingang der Höhle weg. Als er die Höhle betritt, erwachen die sieben Jünglinge, nicht wissend, dass sie so lange geschlafen haben. Sie fürchten sich immer noch vor der Verfolgung des Kaisers. Da sie aber Hunger verspüren, schleicht sich der Jüngste von ihnen in die Stadt, um sich in der Verkleidung eines zerlumpten Bettlers etwas zu essen zu kaufen. Als er in Ephesus ankommt, wundert er sich über die Kirchen und die Kreuze in den Straßen. Als er beim Bäcker das Brot bezahlen will, weigert sich dieser, die veraltete Währung des Jünglings anzunehmen. Der junge Mann wird wegen Münzbetrugs verhaftet und dem Statthalter vorgeführt. Dieser erzählt seine Geschichte und führt die Epheser zur Höhle, in der seine Freunde warten. Dort sitzen sie und leuchten wie die Sonne. Die Soldaten aber finden die Schrifttafeln der beiden Diener des längst verstorbenen Kaisers. Da erkennen die Epheser das Wunder des Schlafes und der Wiederauferweckung der sieben Jünglinge und errichten eine Kirche über der Höhle, die auch heute noch von Pilgern besucht wird", beendete Zia Jann ihre Geschichte.

„Das ist der reinste Archäokrimi mit lauter bekannten Motiven: religiös Verfolgte verstecken sich in Höhlen, verwahrlosen äußerlich und lassen sich schließlich durch ihre Münzen datieren. Was passiert der Sage nach danach mit den Männern?"

„Sie sterben kurz nach ihrer Entdeckung."

„Na, das ist ja mal realistisch. Aber was haben sie eigentlich dadurch gewonnen?"

„Das ewige Leben! Den Sieg über die rohe Gewalt! Sei doch nicht immer so hoffnungslos, Lia. Und", sie lächelte, „glaube bitte nicht, dass ich alle Legenden wörtlich nehme."

Am nächsten Morgen brachen Lia, Alessandra und Nico gemeinsam nach Bari auf. Auf der einstündigen Fahrt alberten sie herum und dachten sich neue Gebote für die Sekte aus, die sie mal gründen würden, wenn sonst nichts mehr lief. Bis schließlich Alessandra etwas einfiel: „Das habe ich gestern ganz vergessen. Wie hieß nochmal die Tochter des Fürsten von Benevent, die beim letzten Emir von Bari als Geisel gehalten wurde? Ageltrude, oder?"

„Mag sein", antwortete Lia, „etwas in der Art. Warum?"

„Mir ist im Antiquariat ein Buch über Kirchengeschichte in die Hände gefallen und dort war von eben dieser Ageltrude die Rede. Es ist nur eine Fußnote der Geschichte, aber eine interessante: Sie ist diejenige, die die Kadaversynode angezettelt hat."

„Nein! Echt?", rief Lia erstaunt aus.

„Ja, nach ihrer Heirat mit dem König von Italien wird sie sogar zur Kaiserin gekrönt. Und als sie dann später als verwitwete Kaiserin über Rom herrscht, ist sie derart in Machtpolitik verwickelt, dass sie sich in die Papstwahl einmischt und den erst kürzlich gewählten Papst zur Kadaversynode anstachelt."

Nico unterbrach: „Kann mir mal jemand erklären, wovon ihr da redet? Was ist die Kadaversynode? Klingt unappetitlich!"

„Ist es auch", antwortete Lia. „Darf ich erzählen? Ich kenne die Geschichte gut, über die habe ich letztes Jahr noch einen Vortrag gehört."

„Bitte, tu dir keinen Zwang an!"

„Am Ende des 9. Jahrhunderts lässt der Papst die Leiche seines vor Monaten verstorbenen Vorgängers Formosus exhumieren und macht der halb verwesten Leiche den Prozess wegen angeblichen Amtsmissbrauchs. Dazu wird der Leichnam, beziehungsweise was noch von ihm übrig ist, in päpstliche Gewänder gehüllt und auf einen Thron gesetzt. Dort wurde der Leiche dann formell der Prozess gemacht und der ehemalige Papst wurde posthum abgesetzt."

„Jemanden posthum abzusetzen ist aber nicht sehr sinnvoll", bemerkte Nico.

„Natürlich nicht, darum ging es aber gar nicht. Es ging vielmehr darum, alle Amtshandlungen des Ex-Papstes, einschließlich der Krönungen, für ungültig zu erklären. Der Leiche des Formosus wurden die päpstlichen Gewänder ausgezogen und man hackte ihr die Finger ab, die für den päpstlichen Segen gebraucht wurden. Die so geschändete Leiche wurde erst unehrenhaft verscharrt, später dann nochmals ausgegraben und schließlich einfach in den Fluss geworfen. Ein Mönch zog den Körper aber heimlich wieder heraus und bestattete Formosus. Der neue Papst, der die Kadaversynode abgehalten hatte, wurde noch im gleichen Jahr bei einem Aufstand abgesetzt, eingekerkert und in seiner Zelle erwürgt. Sein Nachfolger hatte auch nicht mehr Glück und war weniger als drei Wochen im Amt. In der kurzen Zeit schaffte er es allerdings, den bereits dreimal bestatteten Leichnam seines Vor-Vorgängers nochmals zu exhumieren und ihm eine vierte, diesmal ehrenvolle, Bestattung zukommen zu lassen."

„Das ist ja krank!", rief Nico aus.

„Das haben die Bürger Roms wohl auch so gesehen und deswegen haben sie den Aufstand angezettelt. Aber mich würde interessieren, was weiterhin mit Ageltrude geschehen ist."

„Oh, sie zog sich in ein Kloster zurück und lebte dort noch viele Jahre weiter."

Schließlich erreichten sie die Innenstadt von Bari, parkten das Auto entlang der Küstenstraße und machten sich zu Fuß in die Altstadt. Nach einem kurzen Fußweg, während dessen sie immer wieder Vespas ausweichen mussten, die durch die engen Gassen flitzten, vorbei an Eisdielen, Fischläden mit Muscheln jeder nur erdenklichen Art und Frauen, die an niedrigen Tischen vor ihrer Haustür saßen und Nudelteig zu *orecchiette* formten, erreichten sie die Basilika San Nicola, einen imposanten und massiven romanischer Bau mit Giebeldach, niedrigen klobigen Türmen und kleinen Bogenfenstern, an der dem Meer zugewandten Seite der Stadt gelegen. Das hohe, aber schlichte romanische Portal wurde von zwei steinernen Ochsen flankiert, denen tatsächlich die Hörner fehlten; an den Stellen, an denen die kupfernen Applikationen einst angebracht gewesen waren, prangten nun Löcher an ihren Köpfen.

„Ich erinnere mich an diesen Ort!", rief Lia aus. „Ich muss noch ziemlich klein gewesen sein; er hat mich wohl damals nicht allzu sehr interessiert. Aber jetzt. Ich liebe romanische Architektur!"

„Ich finde sie ehrlich gesagt klobig", wandte Nico ein.

„Gerade das mag ich so an ihr. Sie sieht so bodenständig aus, archaisch, geerdet und daher dauerhaft. Gehen wir rein?"

Sie bewunderten das Innere der Basilika, die außergewöhnlich gut im romanischen Originalstil erhalten war – bis auf die barocke Decke. („Eine Schande!", murmelte Lia, aber vorsichtshalber so leise, dass nur ihre beiden Gefährten sie hören konnten.) Der Altarraum war mit kostbaren Mosaiken ausgelegt.

„Könnt ihr die Zierleiste um das Mosaik auf dem Fußboden um den Bischofsthron herum erkennen?", fragte Alessandra.

„Das rot-weiße Band dort?"

„Genau das. Immer wieder heißt es, das sei eine arabische Inschrift und dort stehe 'Allah' in ständiger Wiederholung geschrieben. Angeblich habe ein muslimischer Handwerker heimlich die Inschrift in das Mosaik eingeschmuggelt, weil dies der Ort der ehemaligen Moschee war. Die Legende wird ständig wiedergekäut und stirbt nicht aus. Tatsächlich steht dort gar nichts; es ist nur ein Muster. Ich habe einen libanesischen Bekannten gefragt und er hat mir gesagt, dass er auch mit sehr viel Fantasie absolut keine Inschrift hier erkennen könne."

„Der Thron ist viel interessanter: Wird da jemand von einem Löwen gefressen?", fragte Lia.

„Sieht so aus, ja. Eine brutale Sitzmöbeldekoration ist das!"

Als sie die steilen Treppenstufen in die Krypta unter der Kirche hinunterstiegen, begegneten sie einer großen Gruppe russischer Pilger, die hierher gereist waren, um vor dem goldglänzenden Grab des heiligen Nikolaus zu beten. Die Frauen hatten die Haare züchtig mit Kopftüchern bedeckt, wie es in orthodoxen Kirchen üblich ist.

„Der heilige Nikolaus ist der Schutzpatron Russlands. Deshalb kommen die meisten Pilger heutzutage aus Russland", erklärte Nico. „Aber nicht nur von dort. Früher kamen sie aus ganz Europa. Die Gebeine des Heiligen aus der Türkei hierher zu bringen war schon ein Geschäftserfolg für die ganze Stadt, das muss man sagen."

„Irgendwie fühlt es sich komisch an, dass der Schrein hier das Grab des heilige Nikolaus ist, ich meine dessen, der den Kindern die Geschenke bringt und der so gut wie mit dem Weihnachtsmann verschmolzen ist", bemerkte Lia.

„Ich zeige euch hier unten nur eben noch eine kleine Kuriosität und danach möchte ich euch oben noch etwas zeigen.", begann Alessandra. „Erst einmal das hier: Seht ihr die Säule in der Ecke, die mit Eisenbändern befestigt ist und die in einem Käfig steht? Sie wurde so gefesselt, weil sie gerne heimlich die Fliege macht. Sie ist schon zweimal geflohen und musste wieder eingefangen werden."

„Du machst Scherze!", staunte Lia.

„Niemals!", raunte Alessandra mit geheimnisvollem Unterton aber schelmischem Schmunzeln.

„Junge Frauen, die einen Mann suchen, sollen sich hinter der Säule an der Wand entlang durchzwängen. Wenn sie es schaffen, finden sie der Legende nach ihren Bräutigam. Willst du es nicht mal versuchen, Lia?", fügte Nico hinzu.

„Sehr witzig. Da pass ich doch nie durch!", entgegnete sie.

„Jetzt gehen wir aber raus; ich möchte euch noch etwas anderes zeigen." Alessandra wies mit dem Kopf in Richtung Ausgang.

Unmittelbar neben der Basilika befand sich ein recht großer Souvenirladen. Das Geschäft war für eines seiner Art ausgesprochen edel eingerichtet, holzvertäfelt, mit Vitrinen voller funkelnder Ware und goldglänzenden Ikonen zum Verkauf. Lia fiel die russische Beschriftung der Waren auf.

„Ja, die Klientel hier besteht heutzutage überwiegend aus russischen Pilgern. Und der Verkaufsschlager ist das hier." Alessandra deutete auf eine Vitrine mit aufwändig bemalten Flakons in allen Größen. Sie alle zierte ein Bild des heiligen Nikolaus. Die größten Flaschen, die etwa einen Liter umfassen mochten, kosteten mehrere tausend Euro. Lia japste ob der angeschriebenen Preise. „Was ist das?"

„Das ist das heilige Manna von Bari. Eine heilbringende Flüssigkeit, die aus den Knochen des heiligen Nikolaus sickert. Der Sarg wird einmal im Jahr vom Bischof im Laufe einer besonderen Zeremonie angezapft – fragt mich bitte nicht, wie – , verdünnt und in diese Flaschen abgefüllt, auf dass die Flüssigkeit Heil und Profit bringen mögen."

Lia verzog das Gesicht. „Jetzt machst du wirklich Scherze!"

„Diesmal wirklich nicht! Das Manna wird schon seit Jahrhunderten abgezapft und verkauft. Es soll schon viele Wunder bewirkt haben, bei innerlicher und äußerlicher Anwendung."

Lia sah immer noch ungläubig drein. „Ich möchte mich ja ungern über die Spiritualität anderer Leute mokieren; ich finde, das sollte jedem selber überlassen sein, aber Flüssigkeit, die aus Knochen sickert und aus einem Grab gezapft wird, finde ich hygienisch grenzwertig."

„Falls es dich beruhigt: Gerüchten, und zwar unbestätigten und sehr, sehr leise gemunkelten Gerüchten, zufolge gibt es seit dem Mittelalter eine versteckte Regenrinne, die vom Dach aus in die Krypta führt. Die Version macht das Manna weniger mysteriös aber umso hygienischer, oder? Andere kritische Geister machen die Kondensation von Luftfeuchtigkeit in einem geschlossenen Steingewölbe, das dazu noch von vielen Menschen jährlich besucht wird, verantwortlich."

„Dürfte ich vorschlagen, dass wir uns appetitlicheren Themen zuwenden?", mischte sich Nico ein. „Ich kenne da eine hervorragende Eisdiele in der Nähe."

Niemand hatte irgendwelche Einwände.

X

Lia setzte sich den großen Hut mit dem Netz auf, zog sich die am unteren Ende des Netzes befestigten Gummischlaufen unter die Arme und streifte sich die langen Schutzhandschuhe bis über die Ellbogen. Sie war ganz in weiß gekleidet, ebenso wie Zia Jann, die ausnahmsweise ihre schwarze Witwenkluft mit weiten, hellen Hosen und einer langärmeligen und hochgeschlossenen weißen Bluse getauscht hatte. Bienen griffen bevorzugt dunkle Farben an. Einmal im Jahr erntete Zia Jann den Honig ihrer Bienen, und der Zeitpunkt war nun gekommen. Sie benutzte für ihre Bienenzucht noch altmodische Bienenkörbe aus geflochtenem Stroh, die in einer Reihe im Bienenzaun, einer Art überdachtem Regal, am hinteren Ende des Grundstücks standen. Zum Abernten mussten die von Honig und Wachs schwer gewordenen Bienenkörbe umgedreht werden, ihre Bewohner mit Rauch vertrieben oder betäubt und die vollen, honigtriefenden Waben herausgeschnitten werden. Die Arbeit war körperlich anstrengender, als Lia sie sich vorgestellt hatte, zumal in der dichten Schutzkleidung, die keinen kühlenden Wind an die Haut ließ. Innerhalb weniger Minuten war sie klatschnass geschwitzt. Zia Jann war die Anstrengung ebenso anzumerken, aber die beiden Frauen arbeiteten schweigend, die Tante mit der Imkerpfeife zwischen den Zähnen, aus der sie Rauch in den gerade zu bearbeitenden Bienenkorb stieß. Die Form der Bienenkörbe erinnerte Lia an die Trulli der Umgebung. Diese Form der Architektur wurde ja schließlich auch Bienenkorbhaus genannt, oder?

„Sag mal, Zia, weißt du eigentlich, wo die Trulli herkommen? Ich meine, warum gibt es diese Bienenkorbform nur hier im Umkreis von wenigen dutzend Kilometern und nirgendwo anders in Italien?"

„Steuerbetrug, meine Liebe, ganz einfach Steuerbetrug. Die Haussteuer galt nur für fertiggestellte Häuser, also bauten die Einwohner einmal im Jahr, bevor der Steuereintreiber des Königs kam, die Kuppeldächer ab und bauten sie anschließend wieder auf."

„Entschuldige bitte, Zia, aber das kann ich kaum glauben. Das ist eine irre aufwändige Architektur, die baut man doch nicht einfach mal so jedes Jahr ab; der Wiederaufbau braucht Wochen! Das kann doch nicht der Ursprung einer ganzen Bautradition sein. Und um ein leicht abzutragendes Dach zu schaffen gibt es doch einfachere Lösungen. Außerdem, Steuern gab und gibt es überall, dann müssten ja überall Trulli stehen."

„Genau so steht es aber überall geschrieben", beharrte Zia Jann.

„Mit Verlaub, aber das klingt für mich so unwahrscheinlich, da will ich Genaueres wissen." Und sie machten sich wieder an die Arbeit.

Mit Alessandras Hilfe beschaffte sich Lia zwei Tage später einen Leihausweis für die öffentliche Bibliothek in Taranto. Die Bibliothek war ein futuristisch anmutender runder Bau, fast wie ein Ufo, das mitten in der Stadt gelandet war. Das Ufo-Motiv setzte sich im Lesesaal fort, ansonsten war die Bibliothek praktisch eingerichtet und gut sortiert. Zu den üblichen Sammlungen an Belletristik, Sachliteratur und Sammelwerken kam noch eine beachtliche Sammlung alter Handschriften und früher Druckwerke hinzu, in die man auf Anfrage Einblick nehmen konnte. Lia nahm sich vor, dieses Angebot in Zukunft zu nutzen; für den Augenblick würde aber wohl die Sammlung moderner Sachbücher ausreichen, die in der Freihandbibliothek zu finden waren. Nach etwa einem halben Meter Bücher und rund zwei Stunden später war sie schlauer. Die Geschichte von der Steuerhinterziehung fand sich tatsächlich überall, ein Buch vom anderen abgeschrieben. Aber sie ging auf einen tatsächlichen Vorfall aus dem 17. Jahrhundert zurück, als der Graf von Conversano, Herr über Alberobello, seine Untertanen in jener Stadt dazu zwang, ihre Häuser in Trockenmauerbauweise zu bauen, damit er keine Steuern an seinen Herrn, den König von Neapel zahlen musste. Denn das Gesetz des Königreichs von Neapel verbot die Errichtung von Städten ohne königliche Erlaubnis und besteuerte die Städte mit hohen Abgaben. Nur ein einziger Zwischenfall, in dem eine Trullosiedlung aus Steuergründen abgebaut wurde, war bekannt, und zwar aus dem Jahr 1644 in Alberobello. Die ständig wiederholte Geschichte bezog sich also nur auf Alberobello als der einzigen Stadt, die aus Trulli bestand, während diese Bauweise normalerweise auf das Land beschränkt war. Und sie bezog sich auf einen einzigen belegten Zwischenfall. Es war genau, wie Lia es sich gedacht hatte. Eine Episode der Architekturgeschichte, ja, aber der Ursprung der Trulli war dies mit Sicherheit nicht. Stattdessen war sie auf eine andere Spur gestoßen. Zwar gab es keinen erhaltenen Trullo, der älter als das 17. Jahrhundert war, aber sie konnte auch keinen Nachweis finden, dass jemand je danach gesucht hätte, keine Ausgrabung, nichts. Einige Bauhistoriker wiesen auf die extreme Ähnlichkeit der Trulli mit den Bienenkorbhäusern in Harran hin („Sieh an, sieh an", dachte Lia, „schon wieder Harran!"), deren Ursprung wiederum mindestens dreitausend Jahre alt sein sollte. Ein Autor wies darauf hin, dass die ersten Kirchen Apuliens, die eine ähnlich konstruierte Kuppel aufwiesen, aus dem 11. Jahrhundert stammten, einen weiteren Architekturhistoriker zitierend, der eine Kontinuität zwischen den Kuppeln der mittelalterlichen Kirchen Apuliens und den Trulli postulierte. Nach dem, was Lia bereits über die Beziehungen zwischen Syrien und Apulien im Frühmittelalter herausgefunden hatte, wäre sie gar nicht mal überrascht, wenn sich kulturelle Einflüsse auch auf die Architektur finden ließen. Und dann waren ja noch die Kreuzzüge ein paar Jahrhunderte später gewesen. Lia erinnerte sich, dass die Häfen von Bari und Brindisi dabei eine wichtige Rolle gespielt hatten. Lia beschloss, der Sache auf den Grund zu gehen. Nach einem weiteren Meter Sachliteratur und als die Bibliotheksmitarbeiter sie höflich, aber bestimmt zum Gehen aufforderten, da die Bibliothek jetzt schließe, beschloss sie, ihr neu erworbenes Wissen zu teilen.

„*Pronto*!“, meldete sich Alessandra am Telefon.

„Ciao, ich bin's, Lia. Bist du im Laden?“

„Ja, sicher. Wir schließen erst in zwei Stunden.“

„Ich bin gerade in Tarent. Kann ich vorbeikommen?“

„Gerne! Ist was?“

„Ich möchte dir nur gerne erzählen, was ich herausgefunden habe. Bis gleich dann!“

„Bis gleich!“

Sie setzten sich wieder in die Sitzecke des Antiquariats. Lia erzählte zunächst, was sie über die Architektur der Trulli herausgefunden hatte. Ein einzelner Kunde sah mit gelangweiltem Gesichtsausdruck die Auslage auf den Tischen des modernen Antiquariats durch. Nach einer Weile beschloss er wohl, hier nicht fündig zu werden, verabschiedete sich und verließ das Geschäft.

„Jetzt wird es richtig interessant", nahm Lia den Faden wieder auf.

„Dann erzähl!", forderte Alessandra ihre Freundin auf.

„Also", begann Lia, „wusstest du, dass Apulien und Syrien einmal ein Fürstentum waren, vereint unter dem gleichen Herrscher?"

„Du meinst den Emir?"

„Nein, ich meine nicht den Emir. Der war nur Emir von Bari. Nein, ich meine Bohemund von Tarent, Fürst von Bari und Antiochien. Er war der Sohn des Herzogs von Apulien und Fürsten von Benevent, Robert Guiskard, außerdem der Neffe des ersten normannischen Königs von Sizilien. Nach dem ersten Kreuzzug im Jahr 1096 wird Bohemund der erste Fürst des neugegründeten Fürstentums von Antiochien. Damit vereint er quasi Apulien und Syrien unter seiner Herrschaft. Es hatte Bohemund einige Überzeugungskraft gekostet, die Einwohner von Bari überhaupt zur Teilnahme am Kreuzzug zu überreden, weil sie ihren florierenden Orienthandel nicht gefährden wollten. Schließlich überredet er sie doch, sich an diesem mehr als fragwürdigen Unterfangen zu beteiligen. Bohemund gilt als der Eroberer der Stadt Antiochia, weil er einen Verräter dazu anstiftet, ihm den Weg in die belagerte Stadt zu zeigen. Die Eroberung mündet in einem Massaker an den muslimischen Einwohnern. Als Bohemund schließlich zum Fürst von Antiochien ausgerufen ist, legt er all seine Energie daran, nach Harran vorzudringen. Schon wieder Harran, ausgerechnet. Allerdings scheitert sein Vorhaben und er wird 1104 bei der Schlacht von Harran geschlagen. Direkt nach der Schlacht kehrt Bohemund nach Apulien zurück, um sich neu zu organisieren und neue Truppen für einen erneuten Versuch anzuwerben. Gleichzeitig heiratet er die Tochter des französischen Königs. Wenige Jahre später stirbt er jedoch unerwartet und kann seine Ambitionen nicht mehr fortführen. Sein kleiner Sohn, der ebenfalls Bohemund heißt, erbt die Fürstentümer und Bohemunds Leichnam wird in Canosa bei Bari in einem orientalisch anmutenden Monumentalgrab unter einer Kuppel bestattet."

„Was wollte er in Harran?", fragte Alessandra.

„Das gleiche habe ich mich auch gefragt. Bemerkenswert ist, dass Bohemunds Vater Robert der Fürst von Benevent ist, genau wie Adelchis zweihundert Jahre vor ihm. Du erinnerst dich, das ist der, der den letzten Emir von Bari zum Berater hatte. Kann er im Fürstensitz etwas gefunden haben?"

„Klingt das nicht etwas an den Haaren herbeigezogen? Was sollte das sein? Aber wenn ich dich richtig verstanden habe, findet der Harran-Feldzug nur wenige Jahre nach der Überführung der Gebeine des heiligen Nikolaus von Myra nach Bari statt. Vielleicht hatte das Beispiel Baris dem Fürsten gezeigt, wie einfach Relikte aus dem Orient gestohlen und für die eigenen Zwecke eingesetzt werden können."

„Das funktioniert doch heute noch genau so", warf Lia ein.

„Da hast du leider völlig Recht!"

„Aber dazu hätte er nicht unbedingt nach Harran gemusst. Warum Harran?"

„Was weiß ich? Weil es die Heimat Abrahams gewesen sein soll? Weil vielleicht deine Höhlenmönchlein daher kommen?"

„Es sind nicht 'meine Höhlenmönchlein'. Aber ich werde der Sache weiter nachgehen. Am Wochenende statte ich Bohemund einen Besuch ab. Kommst du mit nach Canosa?"

„Ich habe Nico versprochen, das Wochenende mit ihm zu verbringen; in letzter Zeit waren wir viel getrennt unterwegs. Und, ehrlich gesagt, ist er ein bisschen genervt von unseren Recherchen. Zu viel

Geschichte, sagt er, und zu wenig Freizeit. Ein anderes Mal vielleicht." Alessandra lächelte entschuldigend.

„Kein Problem! Ich fahre alleine, dann kann ich auch schon während der Woche hinfahren. Macht euch ein romantisches Wochenende!"

Die Kathedrale von Canosa beeindruckte Lia erst auf den zweiten Blick, und zwar auf den von innen. Sie fragte sich, wer auf die Idee gekommen sein mochte, die Kathedrale im 19. Jahrhundert mit einer völlig unpassenden klassizistischen Front auszustatten, aber immerhin hatte der Umbau sich auf das Äußere beschränkt. Das Innere der Kirche erinnerte sie stark an die Basilika in Bari. Der Informationstafel am Eingang zu Folge war der Bau stark byzantinisch geprägt. Auch hier gab es einen außergewöhnlichen Bischofsthron, diesmal nicht von Menschen und menschenfressenden Löwen getragen, sondern von zwei Elefanten. „Sehr hübsch", dachte Lia. Nachdem sie die Kathedrale besichtigt hatte, machte sie sich auf die Suche nach dem Mausoleum des Bohemund, das irgendwo an einer Außenwand der Kathedrale liegen musste. Daher ging sie einmal um die Kathedrale herum. Natürlich war das Mausoleum auf der Seite, die sie als letzte passierte, so dass sie einmal komplett um die Kathedrale herumgegangen war. Es war schon sehr, sehr heiß und sie beschloss, nach der Besichtigung des Mausoleums ein Café im benachbarten Park zu besuchen. Doch zunächst wollte sie das Grab des Bohemund sehen. Das Mausoleum erinnerte tatsächlich an einen orientalischen Grabbau, vielleicht an eine türkische Türbe oder eine syrische Qubba, besonders wenn man sich den Originalzustand vor Augen führte, als die Kuppel noch oktogonal war und keine Halbkugel wie jetzt. Auch das war bei der Restaurierung im 19. Jahrhundert geändert worden. Lia hatte sich vor der Abfahrt in einem Kunstreiseführer informiert. Sie betrat das Mausoleum durch die Flügel der bronzenen Originaltür. Darauf waren runde, orientalisch anmutende Muster zu sehen, ein Löwenkopf, einige menschliche Figuren, die offenbar Bohemunds Nachfolger – sein Sohn und seine Neffen – darstellten, sowie eine Inschrift:

MAGNANIMUS SIRIE IACET HOC SUB TEGMINE PRINCEPS,
QUO NULLUS MELIOR NASCETUR IN ORBE DEINCEPS.
GRECIA VICTA QUATER, PARS MAXIMA PARTIA MUNDI
INGENIUM ET VIRES SENSERE DIU BUAMUNDI.
HIC ACIE IN DENA VICIT VIRTUTIS ABENA
AGMINA MILLENA, QUOD ET URBS SAPIT ANTHIOCENA.

„Unter diesem Baldachin liegt der großherzige Fürst von Syrien, der beste, wie keiner mehr auf der Welt geboren wird. Griechenland besiegte er zum vierten Mal, auch das Partherreich, den größten Teil der Welt, wusste lange von dem Einfallsreichtum und der Macht des Bohemund. In zehn Schlachten gewann er mit der Herrschaft der Tugend tausend Armeen, was auch die Stadt Antiochien bezeugt", übersetzte Lia leise vor sich hin murmelnd. „Gute Güte, die tragen aber dick auf." Sie sah sich in dem kleinen Raum um, der fast leer war.
Im Inneren erinnerte nur eine einfache Namensinschrift an den hier Bestatteten: BOAMVNDVS. Da es sonst nicht viel zu sehen gab, beschloss Lia, der Hitze nachzugeben und sich in ein Café zu setzen.

Unter den schattenspendenden Bäumen des Parks standen einige Tische und Stühle neben dem kleinen Pavillon, in dem das Café untergebracht war. „Sehr sympathisch", dachte Lia, und setzte sich von der Hitze erschöpft auf einen Stuhl. Sofort erschien ein Kellner und nahm ihre Bestellung, Kaffee auf Eiswürfeln, dazu ein großes Glas Wasser, auf. Sie lehnte sich zurück, genoss den Blick auf den Park und dachte nach. Viel hatte ihr der Ausflug nicht gebracht, bis auf die Bestätigung vielleicht, dass architektonische Elemente aus dem Orient von Kreuzfahrern nach Hause gebracht worden waren. Trotzdem war es ihr ein Bedürfnis gewesen, das Grab aufzusuchen. Gab es in dieser Stadt sonst noch Relikte aus der Kreuzfahrerzeit? Sie blickte sich um. Am Nebentisch fiel ihr ein Mann auf, der ebenfalls allein am Tisch saß und in ein kleines Notizbuch schrieb, was beinahe anachronistisch wirkte. Irgendetwas an der Art, in der er schrieb, kam ihr merkwürdig vor, deshalb sah sie genauer hin. Als der Mann ihren Blick bemerkte, lächelte er ein wenig schüchtern. Lia lächelte zurück. Er hatte schwarzes Haar, das an den Schläfen ergraut war, was Lia ziemlich attraktiv fand. Er wirkte gepflegt und irgendwie ein bisschen altmodisch, wie aus einem alten Film. Sie schätzte ihn auf Anfang vierzig. Als er weiterschrieb und umblätterte, bemerkte Lia, was sie so eigenartig fand: der Mann schrieb von rechts nach links. Wieder trafen sich ihre Blicke; Lia folgte einer spontanen Eingebung und sprach den Mann an: „Entschuldigung, sind Sie aus Canosa?"

„Wie man es nimmt. Ich lebe seit einigen Jahren in der Stadt, aber ursprünglich komme ich nicht von hier. Aber ich kenne mich ganz gut aus." Der Mann sprach perfektes Italienisch, ein Akzent, den Lia nicht einzuordnen wusste, war aber nicht zu überhören.

„Woher stammen Sie denn, wenn ich fragen darf?", fragte Lia.

„Ich bin Syrer." Der Mann lächelte wieder.

„Na klar", dachte Lia bei sich, „er schreibt Arabisch, deshalb schien er falsch herum zu schreiben und zu blättern."

„Sie sind aber auch nicht aus der Gegend, oder irre ich mich", stellte der Mann fest.

„Wie man es nimmt", wiederholte Lia die vorangegangenen Worte des Syrers. „Meine Mutter ist aus Apulien, aber ich bin in Deutschland aufgewachsen. Mein Vater ist Deutscher."

„Gestatten Sie, dass ich mich vorstelle? Mein Name ist Salim Najjar. Freut mich, Sie kennenzulernen." Er stand auf und bot ihr die Hand an.

„Ich bin Lia Winter, sehr erfreut!" Sie schüttelten sich die Hand.

„Sie möchten also eine Auskunft über unsere schöne Stadt? Darf ich mich zu Ihnen setzen?"

„Bitte sehr! Wissen Sie, ich bin Historikerin und bin gerade den Beziehungen zwischen Apulien und Syrien im Mittelalter auf der Spur. Witzig, dass ich gerade Sie hier treffe. Deshalb waren Sie mir auch aufgefallen, wegen der Schreibrichtung." Sie wies mit dem Kopf auf sein Notizbuch. „Sind sie Schriftsteller oder so was?"

„Ich bin Journalist, beziehungsweise ich war es. Ich musste schon vor einigen Jahren fliehen, weil ich mit meiner Arbeit weder dem syrischen Regime noch den Islamisten recht war. Jetzt schreibe ich hauptsächlich Gedichte über meine Heimat, aber auch politische Texte. Auch wenn ich fast nur noch Italienisch spreche, ist Arabisch doch die Sprache meiner Poesie geblieben."

„Die Zerstörung Ihrer Heimat muss schrecklich für sie sein! Wie hält man so etwas aus?"

„Es ist schrecklich", antwortete Salim mit einem traurigen Lächeln. „Aber was kann ich tun, außer zu schreiben?"

„Haben Sie noch Familie dort? Aus welcher Gegend kommen Sie eigentlich?"

„Ich bin aus Aleppo. Aleppo war eine wunderschöne Stadt. Und ja, ich habe noch Familie in Syrien, aber die meisten leben mittlerweile in der Türkei oder in England. Wir hatten Glück. Ich bin der einzige, der nach Italien gegangen ist, weil ich früher bereits für eine italienische Zeitung gearbeitet hatte", erklärte er. „Ich musste ja auch als Erster fliehen.", fügte er nach kurzer Pause hinzu. „Aber lassen Sie uns nicht immer nur vom Krieg reden. Was sagen denn ihre Forschungen über die syrisch-apulischen Beziehungen im Mittelalter?"

„Naja, wenn wir nicht vom Krieg reden wollen, müssen wir einen Teil weglassen. Die Kreuzzüge spielen nämlich eine erhebliche Rolle, leider. Aber das war nicht immer so..."

Und Lia erzählte Salim ein bisschen über das, was sie in den letzten beiden Wochen herausgefunden hatte. Als sie bei der Architektur der Trulli angekommen war, sagte Salim: „In Syrien gibt es auch Bienenkorbhäuser, nicht nur in Harran. Das liegt auf der türkischen Seite. Bis hinunter nach Homs kann man sie sehen, aber heute nur noch selten. Sie sehen wirklich fast wie Trulli aus, nur dass sie aus Lehmziegeln statt aus Stein gebaut sind."

„Dann waren sie früher mal als Haustyp durchaus üblich?", fragte Lia.

„Davon ist auszugehen."

Sie plauderten noch ein wenig, über Lias Leben in Deutschland und bei ihrer Tante, über Salims Poesie und schimpften noch ein bisschen über italienische Politik, was bei italienischem Smalltalk zum guten Ton gehört. Dann entschuldigte sich Salim höflich mit dem Hinweis, eine Verabredung zu haben, bestand entschieden darauf, ihren Kaffee zu zahlen und sie verabschiedeten sich, nicht ohne vorher noch Telefonnummern ausgetauscht zu haben.

„Ach wie schön“, dachte sich Lia. „Es gibt noch echte Gentlemen.“

Auf dem Rückweg zum Auto, den sie auf einem Parkplatz etwas außerhalb der Innenstadt abgestellt hatte, kam sie an einem kleinen Buchladen vorbei, der antiquarische Comichefte im Schaufenster ausgestellt hatte. Die meisten zierten Cowboys und Indianer oder Zombies und halbnackte Heldinnen. Ein Heftcover zog ihren Blick auf sich. Es zeigte eine in ein Templergewand mit Kettenhemd gekleidetes Skelett, das gerade einem steinernen Sarkophag entstiegen zu sein schien. In der Hand hielt es ein langes Schwert und im Hintergrund waren eine vermutlich tote, vielleicht aber auch untote, nackte Frau – selbstverständlich blond – und ein halbnackter, mutmaßlich männlicher Zombie mit langen Zottelhaaren zu erkennen. Lia musste schmunzeln. Das Comicheft trug den Titel „Der Fluch des Bohemund“. Was es nicht alles gab!

Zurück bei Zia Jann erzählte Lia ihr von ihrem Besuch in Bohemunds Mausoleum.

„War es ein schönes Grab? Hat es dir gefallen?“, fragte Zia Jann.

„Ja, schon“, antwortete die Gefragte. „Etwas dick aufgetragen in der Grabinschrift vielleicht. Man sieht sofort, dass es um Prestige und Macht für seine Nachfolger geht.“

„Ist ein Grab nicht immer in erster Linie für die Hinterbliebenen?“

„Sicher, da hast du Recht. Das sind die, die unter dem Tod leiden und trotzdem weitermachen müssen. Hast du keine Angst vor dem Tod, Zia?“

„Nicht vor meinem eigenen. Vor 'Nciccus Tod hatte ich Angst. Vor dem Alleinsein danach. Der eigene Tod sollte uns keine Angst machen.

Oder hast du etwa Angst vor der Zeit vor deiner Geburt?“

Lia dachte kurz nach. Dann bemerkte sie: „Der griechische Philosoph Epikur hat gesagt: 'Wenn wir da sind, ist der Tod nicht da, und wenn der Tod da ist, sind wir nicht mehr.' Wir können also nie mit dem Tod zusammentreffen und müssen uns deshalb nicht fürchten. Zumindest nicht vor dem eigenen Tod. Die Kirche sah das allerdings immer anders und hat die Verbreitung Epikurs lange unterdrückt. Was ist mit dir, Zia? Glaubst du nicht an Himmel und Hölle? Du bist doch katholisch.“

„Machen die Menschen sich nicht Himmel oder Hölle bereits selbst auf Erden?“, fragte Zia Jann zurück. „Wobei mancher Himmel der einen für die anderen zur Hölle wird. Dass es so auch nach dem Tod kommt, möge Gott verhüten!“

د

Abu Aaron hatte weise daran getan, Bari in jenem Herbst des Jahres 256 zu verlassen und ich war weise genug gewesen, meine Familie fortzuschicken, denn bald darauf hatte sich Frankenkaiser Ludwig mit dem byzantinischen Kaiser Basileios geeinigt, und eine aus 400 Schiffen bestehende Flotte der Byzantiner belagerte unseren Hafen. Die Schiffe waren bis an den Horizont zu sehen. Sie benutzten das griechische Feuer, genährt von Erdöl, Harz und Schwefel, um alle Schiffe, die zu passieren versuchten, schon von Weitem in Brand zu stecken. Damit kam der für uns so lebenswichtige Seehandel endgültig zum Erliegen. Ludwigs Truppen fuhren von der Landseite her schwere Belagerungsmaschinen auf, Katapulte, Rammböcke und Belagerungstürme, auch lernten sie von den byzantinischen Seeleuten die Herstellung des griechischen Feuers. Ich befehligte die Verteidigungstruppen von der Krone der Stadtmauer aus. Die Mauern Baris hielten der Belagerung einige Monate lang stand, aber schließlich war die nordwestliche Seite der Belastung nicht gewachsen und am 4. Rabbi' al-Awwal des Jahres 257 stürzte die Mauer an einer Stelle ein. Sofort stürmte die fränkische Armee die Bresche. Die Stadt war dem Ansturm nicht gewachsen.

Das Gemetzel war schrecklich, mein geliebtes Bari wurde geplündert und niedergebrannt. Ich hatte mich von der Stadtmauer mit dreien meiner getreuen Befehlshaber in einem der Ecktürme verschanzt, wo wir schließlich alle gefangengenommen und in Ketten gelegt wurden.

Wir wurden zusammen mit einigen anderen Kriegsgefangenen in Ketten dem fränkischen Kaiser vorgeführt, der uns alle ohne viel Federlesens zum Tode verurteilte. Ich habe mein Leben Adelchis von Benevent zu verdanken, der ein gutes Wort für mich einlegte, so dass mein Todesurteil nicht vollstreckt wurde. Adelchis hatte mir nicht vergessen, dass ich seine Tochter während ihres Aufenthalts in Bari gut und ehrenhaft behandelt und ihr letzten Endes die Freiheit geschenkt hatte. Die drei Offiziere, die mit mir gefangengenommen worden waren, wurden hingerichtet, dazu etliche andere. Vom Schicksal meiner anderen Freunde und Gefährten ist mir bis heute nichts bekannt. Es steht zu befürchten, dass sie, wie so viele meiner Untertanen, in die Sklaverei verkauft wurden. Meine Familie zumindest war in Balarm in Sicherheit. Ich selber wurde ein Gefangener des Adelchis und in Ketten nach Benevent gebracht. Wenigstens gestattete es mir der Fürst, einige der wenigen verbliebenen Manuskripte aus meiner Privatbibliothek mitzunehmen. Die große Bibliothek von Bari aber, mein Lebenswerk, wurde zusammen mit der Großen Moschee und der Akademie ein Opfer der Flammen.

XI

Lia hatte beschlossen, dass sie unbedingt mehr über Harran erfahren musste, das offenbar ehemals eine wichtige Rolle gespielt hatte. Am Nachmittag des folgenden Tages packte Lia ihren Laptop ein, fuhr erneut nach Cisternino in ihr bevorzugtes Café mit Internetzugang und Blick über das Tal, bestellte sich einen doppelten Espresso und fing an zu recherchieren. Über ihren alten Universitätsaccount hatte sie immer noch Zugang zu den großen internationalen Datenbanken wissenschaftlicher Werke. Unter dem Schlagwort „Harran" fand sie eine Reihe von Aufsätzen, die ihr lesenswert erschienen. Harran war, das wusste sie bereits, das antike Zentrum des Mondgottes Sin, dem dort ein großer Tempel geweiht war. Abraham soll hier gelebt haben, nachdem er aus Ur in Chaldäa fortgezogen war. Harran war im 8. Jahrhundert für wenige Jahre die Hauptstadt des Omayyadenreichs, las Lia. Das war ihr neu. Die zu dieser Zeit gegründete Akademie war das bedeutendste Zentrum der Wissenschaft im Nahen Osten, bis der Kalif Al-Maimun das berühmte Haus der Weisheit in Baghdad gründete. Beide wurden übrigens von den Mongolen im 13. Jahrhundert zerstört; damit gingen der Nachwelt wahnsinnig viele Schriften verloren. „Eine Tragödie für jeden Forscher", dachte sich Lia, „und für jeden Buchhändler. Alessandra wäre entsetzt." Der nächste Artikel befasste sich ausführlich mit den Sabiern, den Anhängern des Kultes von Harran. Der Überlieferung nach kam der Kalif Al-Maimun im Jahre 830 mit seiner Armee nach Harran und fragte, welcher Religion die Einwohner angehörten. Da sie weder Muslime, Christen noch Juden waren, standen sie in Gefahr, vor die Wahl zwischen Übertritt zum Islam oder den Tod gestellt zu werden. Nach kurzer Beratung mit einem Rechtsgelehrten sagten sie, sie seien Sabier. Denn im Koran steht geschrieben, dass die Sabier einer gottgefälligen Religion anhingen, auch wenn keiner sagen konnte, wer oder was die Sabier waren. Sie überzeugten den Kalifen davon, dass sie als Sabier einer Art Urmonotheismus folgten, den Abraham, der ja in Harran gelebt haben soll, begründet habe. Auf diese Weise definierten die Einwohner von Harran sich selber als Sabier und machten so weiter wie bisher – mit dem Einverständnis des Kalifen. Damit zeigte der sich toleranter als der byzantinische Kaiser 250 Jahre zuvor, der dem Bischof von Harran die Verfolgung von Nichtchristen in der Stadt befohlen hatte, freilich ohne Erfolg in dieser frühen, polyglotten Universitätsstadt.

Ein anderer Artikel befasste sich mit berühmten Persönlichkeiten, die aus Harran stammten oder dort geforscht und gelehrt hatten. Da waren Namen wie Thabit Ibn Qurra, ein sabischer Universalgelehrter vom Format Leonardo da Vincis, oder al-Battani, ein Astronom und Mathematiker, der die Null ebenso einführte wie die indischen Ziffern, die wir heute als die arabischen bezeichnen. Beide stammten sie aus Harran. Lia las über den sabischen Gelehrten Jabir Ibn Hayyan, in Europa unter dem Namen Geber bekannt, der als der Urvater sowohl der Alchemie als auch der Chemie galt. Er stammte entweder aus Harran oder aus dem Iran, darüber waren sich die Quellen nicht einig. Mehr als dreitausend Abhandlungen und Bücher wurden ihm zugeschrieben, was allgemein als unwahrscheinlich betrachtet wurde, darunter auch die arabische Version der „Tabula Smaragdina“, die im

Mittelalter ins Lateinische übersetzt wurde und bis in die Neuzeit unter den europäischen Alchimisten weite Verbreitung fand, aber auch die „Theorie des Gleichgewichts in der Natur", das „Buch der Venus" oder das „Buch der Steine". Geber schrieb als einer der ersten Autoren über die Produktion des Steins der Weisen. Angeblich erfand er eine leuchtende Tinte, ein Rostschutzmittel, feuerfestes Papier, eine wasserfeste Textilimprägnierung und das Aqua Regis, einer Säure, die Gold auflösen kann und die noch heute zur Gewinnung und chemischen Purifikation von Gold genutzt wird. Vielleicht meinte er ja das mit seinen Texten zum Stein der Weisen? Einige der unter Gebers Namen publizierten Schriften, die nur in lateinischer Sprache erhalten sind, galten allerdings als Werke eines Mönchs aus dem 13. Jahrhundert, der als Pseudo-Geber bezeichnet wurde.

Andere Figuren mit Verbindungen zu Harran waren der Übersetzer Yahya Ibn al-Batriq, der die großen Werke der griechischen Gelehrten ins Arabische übersetzt und ein Buch über Staatsführung geschrieben hatte („Über die gute Ordnung der Staatskunst"), oder der Perser Ahmad al-Sarachsi, der wegen seiner satirischen Werke, in denen er die Scharlatanerien vermeintlicher Propheten anprangerte, vom Kalifen zum Tode verurteilt worden war, wobei ungeklärt blieb, ob er tatsächlich hingerichtet wurde oder ob er fliehen konnte. „War wohl doch nicht so tolerant wie er sich gerne gab, der Kalif", dachte Lia.

Weiterhin stieß Lia auf eine Fußnote, die den Einfluss der Sabier auf eine geheimnisumwitterte Gruppe namens „Bruderschaft der Reinheit" vermerkte. „Bruderschaft der Reinheit", dachte sich Lia, „das klingt ja beinahe wie aus einem Indiana Jones Film. Ob es die wohl wirklich gegeben hat?"

Schnell fand Lia heraus: Es gab sie wirklich, beziehungsweise es hatte sie gegeben. Sie waren ein Geheimbund von Gelehrten, die über Philosophie, Religion und Politik debattierten und schrieben. Obwohl sie erstmals im 10. Jahrhundert im Süden Mesopotamiens belegt waren, wurde der Einfluss der Sabier aus Harran vielfach betont. Sie waren nach Alter, Ansehen und Eignung in vier Grade aufgeteilt, so ähnlich wie bei den Freimaurern: Es gab den Grad der Handwerker, den der politischen Führer, den der Könige und den der Propheten und Philosophen. Die Zahl Vier muss für sie eine besondere Bedeutung gehabt haben, denn die Brüder beriefen sich auf vier Säulen des Wissens: erstens auf die wissenschaftlichen Werke des Altertums, zweitens auf die heiligen Bücher der monotheistischen Religionen, drittens auf das Studium der Natur und viertens auf göttliche Offenbarung, die nur Eingeweihten zuteil werde, also ihnen selbst. Sie beschrieben den perfekten Menschen wie folgt: „Perser der Herkunft nach, von babylonischer Bildung, scharfsinnig wie ein Jude, christlich im Betragen, so fromm wie ein syrischer Mönch, ein Grieche in naturwissenschaftlichen Dingen, ein Inder in der Auslegung von Mysterien und, überdies, ein Sufi in seiner gesamten Anschauung." Die Mitglieder bezeichneten sich selbst als „Schläfer in der Höhle", in Andeutung an ihr vor der Welt verborgenes, geheimes Wissen.

„Nicht gerade bescheiden, die Jungs!", dachte Lia. Ihre Erkenntnisse fasste die Bruderschaft in der „Enzyklopädie der Brüder der Reinheit" zusammen, die sich nicht nur mit Mathematik, Astronomie, Naturwissenschaften, Musik, Politik und Ethik, sondern auch mit Magie befasst. Am meisten überraschte Lia aber, dass sie bereits eine Art Evolutionstheorie entwickelt hatten, und das 800 Jahre vor Darwin! Dieser eher spirituellen Theorie der Brüder der Reinheit zufolge erschuf Gott zunächst die Materie und fügte Energie hinzu. Daraus entstand Dampf, der zu Wasser kondensierte. In diesem Wasser entwickelten sich zuerst die Mineralien, dann die Pflanzen, mit der Koralle als Zwischenform. Als Krone der Pflanzenwelt entstand der Baum, und als höchste Form der Bäume die Dattelpalme. Die Tierwelt hingegen entwickelt sich bis hin zum Affen. Aus dem Affen wird ein primitiver Urmensch und aus diesem entwickelt sich der weise Mensch. Der Mensch schließlich kann noch weiter an sich arbeiten und zu einem Heiligen und Propheten werden, und schlussendlich zu einem Engel.

„Naja", dachte Lia, „der Begriff 'Evolutionstheorie' scheint mir in diesem Zusammenhang ein bisschen hochgegriffen, keine natürliche Selektion, kein *survival of the fittest*, die Geschichte mit den Engeln am Ende ist etwas esoterisch und außerdem sind Korallen keine Pflanzen, aber das Ganze ist dennoch bemerkenswert."

Lia sah auf das Tal mit seinen hunderten von spitzen Dächern hinab. Wie gerne würde sie einmal nach Harran reisen und die syrischen Trulli mit eigenen Augen sehen, oder die Ruinen der ersten Universität. Die Bilder, die sie im Netz gefunden hatte, versprachen Abenteuer und Gastfreundschaft. Aber leider befand sich das einstmalige Zentrum von Gelehrsamkeit und gelebter Toleranz heutzutage in unmittelbarer Nähe zu einem der gefährlichsten Kriegsschauplätze der Welt: direkt an der syrisch-türkischen Grenze. Es war eine Schande, wie dieser Teil der Welt dem Wahnsinn überlassen wurde, und Lia fand es erschreckend zu sehen, wie eine Kultur durch Habgier und Machtpolitik zerstört werden konnte. Von wegen Aufstieg des Menschen zu Heiligen und Engeln! Konnte es überhaupt moralischen Fortschritt geben oder war die Geschichte nur eine ewige Wiederkehr von Blütezeit, Verfall und Zerstörung, genährt von Unwissenheit, Gier und Intoleranz? Lia gab den Traum auf, in absehbarer Zeit nach Syrien reisen zu können, aber sie nahm sich fest vor, bei nächster Gelegenheit Salim anzurufen. Vielleicht konnte sie ihn zu sich und Zia Jann einladen? Überhaupt fiel ihr auf, dass sie viel an ihn dachte. Moment mal, er war doch Schriftsteller. Vielleicht fand Lia ja einige seiner Texte online? Sie tippte 'Salim Najjar' in die Suchmaschine und wurde fündig. Sie fand Kommentare zur Situation in Syrien und im Nahen Osten aus verschiedenen Zeitschriften, englisch- und italienischsprachig. Einige der Suchergebnisse waren auf Arabisch. Die Form dieser Texte wies aus Gedichte hin, aber mehr konnte sie natürlich nicht erkennen. Auf einer Seite fand sie von Salim verfasste italienische Gedichte und las sie aufmerksam.

„Wunderschön“, dachte Lia. Sie saß einen Moment in Gedanken versunken da, dann fasste sie sich wieder, wischte ihre Gedanken beiseite, sah wieder auf den Bildschirm ihres Laptops, schloss die Tabs über Salim und überflog die Liste der historischen Artikel, die sie zuvor herausgesucht hatte. Sie war mittlerweile bei ihrer Suche zu Abhandlungen über mystische interreligiöse Strömungen im Nahen Osten des Mittelalters gelangt. Da fiel ihr Blick auf einen Artikel über den heiligen Franz von Assisi und den Sufismus. Sie gab einen kurzen verwunderten Laut von sich. Der Artikel schien indes ernsthafter Natur zu sein. Nachdem sie ihn gelesen hatte, dachte sie: „Das muss ich Zia Jann erzählen.“

Zurück bei Zia Jann, und nachdem Sgubbàt ihr gründlich die Beine abgeleckt hatte, erzählte Lia ihrer Tante während der spätnachmittaglichen Arbeit zum ersten Mal ausführlich von den Entdeckungen, die sie bis jetzt gemacht hatte, von den arabischen Söldnern in Italien, die zur Verwunderung der Zeitgenossen an den Orten geblieben waren, zu denen man sie zu Hilfe gerufen hatte, von den ambitionierten Emiren von Bari, von den asketischen Jakobitern und den zerzausten Basilianermönchen in ihren Höhlen, von den syrischen Trulli und den belesenen Gelehrten in Harran, von der Bruderschaft der Reinheit, der wiederholten Zerstörung von Bibliotheken, von den Kreuzzügen und schließlich auch vom heiligen Franz von Assisi. „Diese Geschichte steht zwar nicht in unmittelbarem Zusammenhang mit unserer Suche", erklärte Lia, „aber ich finde sie trotzdem interessant, weil zumindest ich so gar nichts davon wusste, obwohl ich doch katholisch erzogen worden bin, oder vielleicht gerade deshalb. Sie weicht deutlich von der offiziellen Heiligenlegende ab und ich dachte mir, dass sie dich auch interessieren wird. Also, wir befinden uns im 13. Jahrhundert, zur Zeit des fünften Kreuzzugs. Der Papst ruft zur Vernichtung der Muslime auf, die er mit dem Antichristen gleichsetzt, die Euphorie ist groß, der Hass wird seit Jahrzehnten genährt. Franz sträubt sich gegen die Kreuzzugpropaganda und reist barfuß und ohne Besitz, wie die syrischen Eremiten und die muslimischen Sufis, nach Ägypten, um dort den Sultan al-Malik al-Kamil zu treffen. Das war übrigens der gleiche Sultan, mit dem bereits Stauferkönig Friedrich II ein freundschaftliches Friedensabkommen ausgehandelt hatte, welches aber vom Papst abgelehnt und für nichtig erklärt wurde, weil es den christlichen Kriegern die Möglichkeit nahm, im Kampf den Märtyrertod zu sterben. Stell dir das mal vor, Zia! Franz also betritt allein, immer noch barfuß und wahrscheinlich mittlerweile ziemlich staubig, das Lager des Sultans in Damiette, wird eingelassen und grüßt ihn mit dem Friedensgruß. Die beiden freunden sich an und Franz bleibt mehrere Wochen im Lager und darf sogar zu den Soldaten des Sultans predigen. Der Sultan schickt dem Kreuzfahrerheer mehrere Friedensangebote, aber die Anführer weigern sich, mit den Muslimen zu verhandeln.

Franziskus verlässt Ägypten und wandert noch einige Wochen durch Syrien, bevor er nach Italien zurückkehrt. Auf seiner Reise muss er viele Sufi-Mystiker getroffen haben, mit denen er sich ausgetauscht hat; das geht aus seinen eigenen Berichten hervor. Erst nach seiner Reise geht das Gerücht um, er könne mit Vögeln sprechen, genauso wie es auch von manchen Sufis gesagt wurde. Angeblich geht der von Franz gedichtete Lobpreis Gottes auf die neunundneunzig Namen Allahs zurück, und Franz beendete nach seiner Reise alle seine Aussagen mit 'so Gott will', genau wie das arabische 'inshallah'. Natürlich hatte seine Reise keinen politischen Erfolg. Die Stadt Damiette wurde belagert und vom Kreuzfahrerheer eingenommen, wobei alle Einwohner, die noch nicht während der Belagerung an Seuchen oder vor Hunger umgekommen waren, entweder getötet oder in die Sklaverei verkauft wurden. Die Kreuzfahrer konnten Damiette allerdings auch nicht lange halten und gingen bei dem Versuch, sich durch das sumpfige Nildelta nach Kairo durchzuschlagen, zugrunde. Eine reife Leistung!", beendete Lia ihren Bericht.

Nach dem Abendessen, nachdem sie abgeräumt und gespült hatten, sagte Zia Jann: „Ich möchte dir auch eine Geschichte von einem Franziskaner erzählen. Sie ist nicht so historisch wie deine und wohl auch nicht so bedeutend. Aber es ist eine Geschichte hier aus dieser Gegend. Kennst du die Legende vom fliegenden Mönch?"

„Vom fliegenden Mönch?"

„Ja, der heilige Josef von Copertino war ebenfalls ein Franziskanermönch. Er wurde als Sohn armer Bauern in einem Dorf etwas weiter unten im Süden geboren. Josefs Vater starb schon vor seiner Geburt und das arme Kind war kränklich. Er ging dann als Novize hier in

Martina Franca ins Kapuzinerkloster, die Kapuziner warfen ihn aber hinaus; angeblich war er ungeeignet, was immer das heißt. Später wurde er dann trotzdem Mönch, aber eben Franziskaner. Nach seiner Priesterweihe einige Jahre später fing er an, Wunder zu wirken und zu fliegen."

„Er flog?", fragte Lia ungläubig.

„Ja, oder er schwebte, wie auch immer, er wurde sogar vor die Inquisition zitiert, die ihn aber freisprach, weil er Zeugenaussagen zufolge tatsächlich durch Gottes Gnade fliegen konnte. Unter den Zeugen waren selbst Könige und Prinzessinnen, die ihn als Pilger besucht hatten. Mit seinen Auftritten bewegte er sogar einen deutschen Fürsten oder Herzog oder so zum Übertritt zum katholischen Glauben. Angeblich leuchtete er auch nachts in seiner Mönchszelle. Und er sprach mit Vögeln, wie der heilige Franz. Außerdem konnte er große Gewichte aus dem Himmel entgegennehmen und diese mit Leichtigkeit schwebend zur Erde bringen, ein riesiges Holzkreuz zum Beispiel soll er so aus dem Himmel geholt haben."

„Keinen himmlischen Stein? Quasi einen *lapis ex coelis*?"

„Nicht dass ich wüsste. Warum?"

„Nur so. In letzter Zeit begegnen mir viele Steine."

In dieser Nacht trieben Lias Schafe noch mehr Schabernack als sonst. Sie gruben, sprangen und konstruierten nicht nur, sondern erhoben sich schwerelos in die Lüfte, leuchteten im Dunkeln, ließen schwere Steine aus dem Himmel auf den Zaun fallen oder vollführten alchemistische Experimente. Als die Schafe durch ein komplexes Netz von mit byzantinischen Fresken ausgemalten Höhlen und Gängen auf die andere Seite des Zauns zu gelangen versuchten, glitt Lia langsam in den Schlaf. Einer der auf den Fresken abgebildeten Heiligen hatte Salims Gesicht...

ذ

Ich kann mich über meine Behandlung durch Adelchis in seinem Palast in Benevent ebensowenig beklagen wie dessen Tochter Ageltrude damals über die meine. Wir nahmen unsere freundschaftlichen Diskurse erneut auf und diskutierten oft bis tief in die Nacht. Adelchis war nicht nur an den landwirtschaftlichen Neuerungen und Reformen interessiert, die wir Araber eingeführt hatten, sondern auch an Staatstheorie, Politik und den Naturwissenschaften. Ich legte ihm das Werk meines Freundes Yahya zu diesem Thema ans Herz. Adelchis war wissbegierig und zeigte Interesse an der in diesem Teil der Welt nicht sehr verbreiteten Idee, Wissen nicht nur durch die Lektüre der Schriften anerkannter Geistesgrößen, sondern auch durch eigene Experimente zu erlangen. Nur allzu religiöse Themen umschifften wir geflissentlich, um unsere wohlwollende Sympathie nicht zu gefährden. So wurde ich mit der Zeit zum Berater des Fürsten und trat auch offen als solcher auf. Viele Menschen kamen zu mir, um mich um Rat zu fragen, da sich meine Kenntnis auf dem Gebiet der Naturwissenschaften herumgesprochen hatte. Aus mir bis heute unerfindlichen Gründen galt ich bei den Christen als ein besonderer Experte auf dem Gebiet der Viehzucht. Zudem galt ich als unparteiisch. Franken kamen zu mir, um sich über Langobarden zu beschweren und Langobarden, um sich über Franken zu beschweren. Auf diese Weise blieb ich fünf Jahre bei Adelchis in Benevent und erlangte tiefere Einsicht in die Politik und die Ränkespiele dieses Reiches.

Nach den schlechten Erfahrungen, die meine Legaten in Salerno mit dem dortigen Bischof gemacht hatten, konnte ich die Entscheidung, Adelchis Bruder Aione zum Bischof von Benevent ernennen zu lassen, nur gutheißen. So blieb alles in der Familie.

Mit zunehmendem Vertrauen auf beiden Seiten ließ ich Adelchis auch diejenigen unter meinen aus Bari geretteten Schriften lesen, die nicht für die generelle Öffentlichkeit taugen. So las er unter Anderem auch die Schriften Jabir ibn Hayyans und Khalid ibn Yazids. Die Enzyklopädie der Brüder der Reinheit behielt ich jedoch für mich, denn sie ist nur den wahrhaftig Eingeweihten vorbehalten. In einem gut belüfteten Eckzimmer der Burg richtete Adelchis nach meinen Anweisungen ein Labor für naturwissenschaftliche und alchemistische Experimente ein.

Am Hofe ging des Weiteren ein gewisser Mönch namens Erchempert aus dem benachbarten Kloster Montecassino ein und aus. Er fungierte offiziell als Chronist und schrieb an einer Geschichte der Langobarden in Benevent. Er hatte wohl auch gehofft, eine einflussreichere Stellung bei Hofe einzunehmen und er neidete mir meine Nähe zu Adelchis. Insgeheim verdächtigte ich ihn, ein Spion Kaiser Ludwigs zu sein. Erchempert machte denn auch keinen Hehl aus seiner Abneigung gegen mich. Er schimpfte mich einen Satan, wobei er meinen Namen absichtlich falsch aussprach und bezeichnete mich als den wertlosesten, verbrecherischsten und verrücktesten aller Herrscher, als die Geißel der Menschheit gar. Er behauptete, bereits im Blick meiner mitleidlosen Augen läge der Wahnsinn, und verkündete, dass Gott sich an denen rächen würde, die meine Exekution verhindert hätten. Genauso schrieb er es auch in seiner ruchlosen Chronik nieder. In Wahrheit vermutete nicht nur ich, sondern mittlerweile auch Adelchis und dessen Bruder Aione, einen beabsichtigten Staatsstreich im Auftrag Kaiser Ludwigs, der die direkte Kontrolle über die süditalienischen Fürstentümer anstrebte. Als Ludwigs Truppen kurz darauf begannen, die umliegenden Burgen zu besetzen, konnte ich nicht umhin, meinem beneventischen Freund zu raschem Handeln zu raten.

Ludwig war immerhin naiv genug, um wieder einmal mit seiner Gemahlin Engelberga und seiner Tochter am Hofe des Fürsten von Benevent Quartier zu beziehen, wie immer ohne ein Gastgeschenk anzubieten. Seine Gefangennahme kam für ihn und seine Familie völlig überraschend. Ich muss zugeben, dass er sich tapfer gewehrt hatte. Erchempert hatte gleich zu Anfang des Aufstands das Weite gesucht. Adelchis bediente sich reichlich aus der Privatschatulle Ludwigs und bedachte auch mich mit einem Anteil. Nachdem auch der letzte kaiserliche Soldat aus dem Fürstentum vertrieben worden war, zwang Adelchis den Kaiser zu schwören, niemals mit einer Armee nach Benevent zurückzukehren und niemals Rache für seine Gefangennahme zu suchen. Dann ließ er ihn und seine Familie ziehen. Wenn du vernimmst, dass ein Berg versetzt worden sei, so glaube es! Wenn du aber vernimmst, dass ein Mensch seinen Charakter gea ndert habe, so glaube es nicht. Daran ändert auch ein Eid nichts. Ludwig ging zum Papst in Rom und wurde von diesem von seinem Eid befreit. Ich bin der Meinung, dass ein Eid, von dem man befreit werden kann, nichts taugt und dass daher die Eide der Christen wertlos sind. Ludwig stellte erneut eine Armee gegen Benevent auf, griff an und wurde besiegt. Angeblich kontaktierte er nach seiner Niederlage erneut den byzantinischen Kaiser, um diesen noch einmal um Hilfe zu bitten, nach dem Debakel mit dem gebrochenen Heiratsvertrag verständlicherweise erfolglos. Ludwig zog sich in den Norden des Landes zurück und wurde, wie ein Bote uns berichtete, kurz darauf ermordet. Ich habe nie erfahren, wer da seine Finger im Spiel hatte; ich war es nicht und ich kann hier auch guten Gewissens für Adelchis sprechen. Zu viele Interessen waren im Spiel. Vielleicht war auch Ludwigs Onkel, zu dem Zeitpunkt bereits Frankenkönig jenseits der Alpen, der Urheber des Anschlags; immerhin erbte er die Krone seines Neffen, da Ludwig keine Söhne hatte.

Seines schlimmsten Feindes beraubt und voll des Dankes für meinen Rat, der ihm seine Herrschaft bewahrt hatte, ließ Adelchis mich nach fünf Jahren an seinem Hof in Benevent ziehen. Ich dankte ihm herzlich und beschloss nach Tarent zu gehen, das immer noch muslimisch war, in der Hoffnung, mich dort mit meiner Familie wieder vereinigen zu können. In den letzten Jahren war Tarent mit Unterstützung des Emirs von Kairouan, der Heimat meiner Jugend, ausgebaut und befestigt worden. Der Emir von Tarent mit Namen Uthman sicherte mir seine Gastfreundschaft zu. Meine Manuskripte nahm ich mit.

XII

Zwei Tage später war es noch heißer geworden. Kein Lebewesen hielt sich zwischen zehn Uhr vormittags und sechs Uhr abends mehr freiwillig in der Sonne auf. Außer natürlich den Leuten, die an den Strand gingen, um dort zu brutzeln, wie immer sie das auch aushielten. Auf Zia Janns Hof lagen alle erschöpft im Schatten; die Katzen reihten sich an der Schattenseite des Hauses die Wand entlang auf, Sgubbàt döste im Schatten eines Feigenbaumes und die Frauen waren über die Mittagsstunden gleich im Haus geblieben. In dieser Zeit des Jahres gab es auf dem Hof nicht ganz so viel zu tun. Die Tomatensauce war bereits eingekocht, der Honig geerntet, die Herbstfrüchte noch nicht ganz reif und den Wintergemüsegarten würden sie erst in zwei Wochen anlegen. Es war sowieso zu heiß, um sich allzu lange draußen aufzuhalten. Zia Janns Klienten kamen – wenn überhaupt – erst am Abend. Hochsommer bedeutete Ausnahmezustand. Als die Schatten endlich länger wurden, klingelte Lias Telefon. Es war Alessandra.

„*Ciao, cara*! Bei euch alles klar? Ich schmelze hier so vor mich hin. Was ich dir sagen wollte: Ich habe das Höhlenkataster endlich durchgeackert und das Dossier fertig, wie versprochen. Es war doch ein bisschen mehr Arbeit als gedacht, weil ich die Beschreibungen in den Textfeldern der Datenbank alle einzeln durchgehen musste, die sind leider nicht per Schlagwort durchsuchbar, aber jetzt kann ich dir eine Liste von Höhlen in den Provinzen Tarent, Bari und Brindisi geben, die menschliche Bearbeitungsspuren aufweisen und die zumindest wahrscheinlich im 9. Jahrhundert genutzt wurden. Es sind allerdings immer noch mehr als dreißig."

„Besten Dank, das ist wirklich lieb von dir. Die sollten wir unbedingt mal zusammen durchgehen. Bei einem Gläschen vielleicht? Ich habe auch ein bisschen weiter recherchiert."

„Was hältst du davon, wenn du morgen Abend zu mir kommst? Wir kochen etwas zusammen, ich könnte Fisch besorgen. Du könntest auch bei mir übernachten. Nico ist in diesen Tagen viel unterwegs, um den richtigen Zeitpunkt für die Weinlese einzuschätzen. Bei der Hitze in diesem Jahr kann es gut sein, dass die Weinlese mehrere Wochen vorgezogen werden muss. Hättest du Lust?"

„Gerne!"

Alessandras Wohnung war eher eine vertikale als eine horizontale Angelegenheit. Obgleich nicht groß, erstreckte sie sich über drei Stockwerke in einem sehr schmalen Haus in einer ebenso schmalen Gasse der Altstadt, von außen weiß getüncht wie alle benachbarten Häuser auch. Man betrat das Haus durch einen winzigen Flur, von dem eine Tür zur Rechten in eine gemütliche Wohnküche führte. Eine steile Stiege führte in ein Arbeitszimmer sowie ein Badezimmer im ersten Stock, von dort führte eine weitere Stiege in das Schlafzimmer im zweiten Stock, von wo aus man wiederum eine schiefe Steintreppe hinauf zu einer kleinen aber feinen Dachterrasse nehmen konnte. Alles war schlicht und geschmackvoll eingerichtet, keine Staubfänger und nur wenig Nippes. Dafür bestanden die Fußböden aus antiken bunten Kacheln und über den Wohnräumen wölbten sich steinerne Kreuzgewölbe.

„Schön hast du's hier!", staunte Lia.

Alessandra lächelte. „Ich weiß! Dabei ist die Wohnung für die Altstadt gar nicht ungewöhnlich. Man muss sich nur an die Treppen gewöhnen. Sei bitte vorsichtig, sie sind wirklich steil und auch nicht ganz eben. Am besten machen wir dir ein Bett in meinem Arbeitszimmer, dann musst du in der Nacht auch keine Treppen steigen, um ins Bad zu gelangen."

Sie gingen wieder hinunter in die Küche. „Na dann lass mal deine Liste sehen!", bat Lia.

„Prost erstmal!", forderte Alessandra sie mit einem kühlen Glas Weißwein in der Hand auf.

„*Salute!* Was ist das für einer?"

„Ein Weißer aus Locorotondo, fünfzig Prozent Verdeca und fünfzig Prozent Bianco d'Alessano. Gut, nicht wahr?"

„Ausgezeichnet! Hier, ich habe uns *pasticcini* zum Nachtisch mitgebracht. Und das hier", sie überreichte Alessandra ein großes Glas mit Schraubdeckel, „ist Honig von Zia Jann."

„Mmm, danke! Ich habe einen Wolfsbarsch gekauft. Ich dachte, wir könnten ihn *all'acqua pazza* zubereiten, in verrücktem Wasser. Das ist lecker und macht nicht viel Arbeit, so haben wir mehr Zeit zum Unterhalten."

„Warum ist das Wasser verrückt?"

„Weil es in erster Linie aus Wein besteht und Chilis drin sind."

„Gefällt mir! Sehen wir uns trotzdem erst deine Liste an?", fragte Lia.

„Hier." Alessandra legte ihr einen Ausdruck vor. „Ich denke allerdings immer noch, dass du mit der Nadel in einem imaginären Heuhaufen herumstocherst. Aber lass dich von mir nicht entmutigen. Hier sind 33 bekannte Grotten, die wahrscheinlich von Eremiten im 9. Jahrhundert genutzt wurden. Alle weisen Spuren menschlicher Bearbeitung auf, das heißt sie haben Nischen, Bänke, Säulen und so weiter, oft auch Fresken und rund drei Viertel auch Altäre, das heißt sie wurden als Kirchen genutzt. Manche sind aufgrund der Fresken und verschiedener Funde klar in das 9. Jahrhundert datiert, bei anderen sind die Fresken zwar jünger, zum Beispiel aus dem 13. Jahrhundert, aber es ist nicht ausgeschlossen, dass die Höhle bereits einige Jahrhunderte zuvor zum gleichen Zweck genutzt wurde. Bei einigen wenigen können wir sogar eine kontinuierliche Nutzung seit der Steinzeit feststellen. Neun der Höhlen sind in der Provinz Bari, davon rund die Hälfte allein im Stadtgebiet von Bari. Zehn sind in der Provinz Brindisi und vierzehn in der Provinz Tarent. In der ersten Spalte steht der Name; wenn es Heiligennamen sind, beziehen sie sich meistens auf die Fresken, die in der Höhle gefunden wurden. Dann folgen Spalten mit den GPS-Daten, einer Auflistung der Funde, dann deren Datierung, eine Liste der Flora und Fauna und schließlich eine generelle Beschreibung. Mach daraus, was du willst; ich kann keine Grotte erkennen, die in besonderer Weise heraussticht. Außer vielleicht die Heiligen, die abgebildet sind, hier haben wir zum Beispiel einen Sankt Basilius."

„Danke, wirklich!" Lia nahm die Liste an sich und begann die Beschreibungen zu lesen.

„Dürfte ich anregen", unterbrach sie Alessandra in ihrer Lektüre, „dass wir erstmal das Abendessen kochen? Ich habe Hunger! Wärst du so nett, den Knoblauch zu schälen und die Petersilie zu hacken? Danke!"

Alessandra briet den Knoblauch in einer großen Pfanne zusammen mit

Chilis in Olivenöl an, dann gab sie halbierte Kirschtomaten hinzu, löschte das Ganze mit Wein und Wasser und schmeckte die Brühe ab. Dann kam der geputzte Fisch hinein. „*Il pesce vive nell'acqua e deve affogare nel vino*: Der Fisch lebt im Wasser und muss im Wein ertränkt werden. So, Deckel drauf, ungefähr 20 Minuten köcheln lassen, je nach Größe des Fischs, Petersilie drauf und fertig. Ein ganz einfaches Rezept und immer wieder gut. Geht auch mit anderen Fischen. Hauptsache frisch. Soll ich dir nachschenken?"

„Ja, bitte. Danke!"

„Dann erzähl du jetzt mal!", forderte sie Alessandra auf.

Und Lia erzählte ihr von der Akademie in Harran und ihren Gelehrten, von den Sabiern, den Brüdern der Reinheit (auch Alessandra fühlte sich an einen Abenteuerfilm erinnert), von Jabir Ibn Hayyan – beziehungsweise Geber – und seinen Forschungen, nicht zuletzt auch von seiner alchimistischen Suche nach dem Stein der Weisen und wie sich die Alchemisten der frühen Neuzeit auf seine Werke beriefen. „Und weil Geber auch als möglicher Erfinder der Destillation von Alkohol gehandelt wird, wurde er auch schon mit dem Ehrentitel 'Pate des Katers' beehrt", endete Lia.

„Was hat es mit dem Stein der Weisen eigentlich auf sich?", fragte Alessandra in Lias Redefluss hinein. „Ich meine, ich habe natürlich davon gehört, aber warum sind da alle so scharf drauf? Was kann er denn jetzt machen, Gold oder ewiges Leben?"

„Gute Frage! Beides. Oder vielleicht je nachdem, was gerade gewünscht war. Da mussten natürlich auch Märkte bedient werden, gerade die Fürsten der frühen Neuzeit hielten sich gerne einen Hofalchemisten. Wenn ich mich recht entsinne, ist der Grundgedanke, dass der Stein der Weisen alles veredelt, sowohl unedles Metall – dadurch wird es zu Gold – als auch den Körper – er wird geheilt und verjüngt sich. Dabei gibt es verschiedene Varianten des Steins der Weisen. Je nach Reinheitsgrad hat er unterschiedliche Kräfte und macht, wenn er nicht pur ist, beispielsweise nur Silber statt Gold. Frag mich bitte nicht, was er dann mit dem Körper macht. Der Stein hat je nach Wirkungsgrad angeblich auch eine andere Farbe, weiß für die schwächere Variante, orange, rot oder violett für den echten Stoff."

„So eine Art 'Kryptonit' also?", fragte Alessandra lachend.

„Ha, ja, so ähnlich. Nur positiver besetzt."

„Und wurde die Existenz eines Steins der Weisen tatsächlich von einer Mehrzahl der Leute geglaubt, oder war das nur die Meinung einiger Scharlatane?"

„Ich denke, die meisten Menschen waren von der Existenz einer allheilenden Substanz überzeugt. Sieh mal, es gibt so vieles, was man früher noch nicht verstand und was den Menschen wie ein Wunder vorgekommen sein muss. Mit zunehmendem Wissen dann fanden sie natürliche Erklärungen für das Meiste und also suchten sie in der Natur anstatt im Gebet die Wunder, nach denen sie sich sehnten. So gesehen ist die Suche nach dem Stein der Weisen eng mit der Wissenschaftsgeschichte verbunden. Aber es gab auch schon früh Alchemisten, die darauf hinwiesen, dass das Alles nicht wörtlich zu nehmen sei, sondern nur eine Metapher für die Suche nach Vervollkommenheit und die Arbeit an sich selber und der Gesellschaft. Sie verspotteten die Goldmacher in ihren Laboratorien als Qualmmacher und suchten lieber nach dem inneren Stein der Weisen."

„Das leuchtet mir eher ein."

„Angeblich haben aber auch große Gelehrte an den reellen Stein der Weisen geglaubt. Der Legende nach soll der Universalgelehrte Albertus

Magnus im 13. Jahrhundert den Stein der Weisen entdeckt haben und ihn an seinen Schüler, Thomas von Aquin, kurz vor seinem Tod weitergegeben haben. Da aber Thomas von Aquin sechs Jahre vor Albertus Magnus starb, ist die Geschichte, gelinde gesagt, unwahrscheinlich."

„In der Tat! Und dieser Geber? Wie hat der das gesehen? Zauberstein oder Selbstfindungstrip?"

„Das hängt davon ab, welche der ihm zugeschriebenen Texte man tatsächlich als seine ansieht. Ich habe den Kram nicht gelesen, das sind hunderte von Schriften, aber so wie es aussieht, ist hier, wie offenbar häufig in arabischen alchemistischen Schriften, eher von spiritueller Läuterung die Rede. Und dann gibt es noch den Pseudo-Geber, der um das Jahr 1300 Bücher auf Latein herausgibt und behauptet, sie seien Übersetzungen von Geber. Und jetzt kommt's: Pseudo-Geber ist vermutlich identisch mit einem franziskanischen Mönch namens Paul von Tarent! Der Mann ist von hier! Sein berühmtestes Buch ist die *Summa Perfectionis Magisterii,* Die höchste Vollendung des Meisterwerks. Das ist ein deutlich chemisch-alchemistisches Werk, in dem Versuchsanordnungen und Laboreinrichtungen beschrieben werden. Deshalb war es auch bei Alchemisten noch jahrhundertelang so beliebt. Obwohl es eigentlich völlig unverständlich ist, furchtbar zu lesen! Kennst du den englischen Ausdruck 'gibberish'?"

„Gebrabbel, Kauderwelsch, oder?"

„Genau! Das Wort kommt angeblich von 'Geber'. Eben weil seine Werke so unverständlich geschrieben sind."

„Aber hat Paul von Tarent jetzt die Bücher übersetzt oder selber geschrieben und unter falschem Namen veröffentlicht?"

„Die meisten Historiker sind sich einig, dass die *Summa Perfectionis Magisterii* nicht auf einem arabischen Original beruht, dass der Franziskanermönch sie also selber geschrieben hat. Es gibt aber einige Historiker aus der arabischen Welt, die das in Frage stellen und dabei auf die arabische wissenschaftliche Terminologie verweisen. Sie werfen den westlichen Historikern vor, kein Arabisch zu können und die Authentizität einer möglichen Übersetzung daher gar nicht beurteilen zu können, weil sie die vorgeblich jüngeren Schriften ja auch nur mit Übersetzungen vergleichen. Überdies bringt besonders ein syrisch-kanadischer Historiker, Ahmad Yousef Al-Hassan, das Argument vor, viele frühe arabische Manuskripte seien durch die Zerstörung der großen Bibliotheken in Baghdad durch die Mongolen Mitte des 13. Jahrhunderts, die Zerstörung Harrans wenige Jahre zuvor und die Bücherverbrennungen in Granada durch die Spanier nach der Reconquista verloren gegangen, und zwar bis zu einer Million Manuskripte. Ich weiß es nicht; ich kann das nicht wirklich beurteilen, aber für mich klingt es schon einleuchtend."

„Wir sollten uns also mal die Schriften dieses Geber und das Leben dieses Paul von Tarent mal näher ansehen, meinst du nicht?"

„Die meisten Publikationen des Pseudo-Geber sind schon ziemlich alt, eher so in deinem Ressort als Antiquarin. Früher war das Hauptwerk ein Hit, aber heute?"

„Ich kenne da eine fantastische Quelle: Die erzbischöfliche Bibliothek von Tarent hat ein umfangreiches historisches Archiv. Wenn wir dort nichts über Paul von Tarent und Geber, mit oder ohne Pseudo, finden, dann weiß ich es auch nicht. Die Bibliothek hat viele antiquarische Bände. Ich gehe regelmäßig zu Vergleichszwecken hin, um die Authentizität von Drucken und Exlibris in unserem Ladenbestand zu verifizieren. Die Mitarbeiter kennen mich alle. Gehen wir gleich morgen hin?"

„Aber sicher!"

„Gut. Dann lass uns jetzt essen, der Fisch ist gar und ich auch gleich, wenn ich nicht gleich etwas in den Magen bekomme."

Der Fisch war köstlich, saftig und würzig, ohne den Eigengeschmack zu überdecken. Die Tomaten-Wein-Brühe tunkten sie mit Weißbrot auf, dazu tranken sie mehr von dem Weißwein. Als sie fertig gegessen hatten und Lia die von ihr mitgebrachten Törtchen auf den Tisch stellte, fiel ihr etwas ein: „Ich wollte dir noch von Salim erzählen."

Und Lia erzählte. Mehr, als sie eigentlich wollte und mehr auch, als ihr selber bisher klar geworden war. Sie war einfach fasziniert gewesen, ein echter Gentleman, ruhig, gepflegt, gebildet, mit Persönlichkeit. Irgendetwas an ihm ging ihr einfach nicht aus dem Kopf. „Müssen wohl die Pheromone sein", schloss sie.

„Und, hast du ihn schon angerufen?", fragte Alessandra, als Lia geendet hatte.

„Noch nicht."

„Nicht so scheu. Von nichts kommt nichts. Wenn er dir gefällt, solltest du dranbleiben, man weiß ja nie. Du wirst schließlich auch nicht jünger."

„Aber ich kenne ihn ja kaum."

„Und wenn du ihn nicht wiedersiehst, lernst du ihn bestimmt nicht besser kennen. Also, versprichst du mir, ihn bald mal anzurufen?"

„Ja, Mama!"

XIII

Die erzbischöfliche Bibliothek lag mitten in der heruntergekommenen Altstadt Tarents. Dieser Palazzo war allerdings gut in Schuss und die Außenfassade offenbar erst kürzlich renoviert worden. Der Pförtner begrüßte Alessandra liebenswürdig, offenbar war sie hier tatsächlich gut bekannt. Die Bibliothek war unglaublich. Sie traten in den Hauptsaal. Lia stand mit offenem Mund da und betrachtete die Szenerie vor ihr. Ein gewaltiger Saal beherbergte tausende und abertausende alter Bände auf zwei Ebenen. Eine Balustrade umlief den gesamten Saal, von wo aus man die Bücher der oberen Ebene erreichen konnte. Alles, die Regale, die Treppen, die Balustrade und das reich verzierte Geländer waren aus Holz geschnitzt und waren so perfekt aufeinander abgestimmt, dass sie wie eine Einheit erschienen, beinahe wie gewachsen. Auf dem Fußboden aus bunten Kacheln standen wuchtige antike Lesetische, einige mit Stapeln alter ledergebundener Bücher bedeckt, offenbar in Gebrauch, andere leer und zur Nutzung einladend. Auf langen Kommoden waren Gegenstände ausgestellt: griechische Vasen, ein antiker Globus, ein altes Uhrwerk. Die vorherrschende Farbe war braun: die Regale, die Möbel, die Bücher, die ausgestellten Gegenstände. Hoch über dem Fußboden angebrachte Fenster ließen Licht herein, ohne den Blick von den Bücherregalen abzulenken. Dazwischen befanden sich die Portraits von ihr unbekannten Persönlichkeiten, mehrere davon in Kardinalsrobe. Über allem spannte sich eine hohe

Decke, die völlig mit Deckenmalereien im barocken Stil bemalt war, ein Trompe-d'oeil-Gemälde, das eine Kuppel imitierte, die der des Pantheons ähnelte. Von dem Hauptsaal gingen mehrere Türen ab, die zu weiteren Büchersälen führten, auch diese voller hölzerner Bücherregale, allerdings mit schlichterer Deckendekoration. Und dann erst die Bücher! „160.000 Titel, darunter 300 Handschriften, mehr als 100 Inkunabeln, tausende gedruckte Bücher aus dem 16. und 17. Jahrhundert, außerdem zahlreiche Notensätze. Der Großteil der Bücher befasst sich mit Philosophie und Geschichte, insbesondere mit Kirchengeschichte, aber das ist in Italien oft das Gleiche", zitierte Alessandra die Bibliotheksbestände aus dem Gedächtnis. „Der Katalog ist bis jetzt nur teilweise digitalisiert, wir müssen wohl auf den guten alten Zettelkasten zurückgreifen. Er steht einen Raum weiter hinten."

„Ga – Gar – Ge – Geb – Da ist er: Geber", murmelte Lia, als sie den Zettelkasten durchging. „Gleich fünf Einträge!", sagte sie dann lauter. „Schreib mal mit, ich geb' dir die Signaturen."

Für gleich drei der Treffer mussten sie auf die Galerie des Hauptsaals hinaufsteigen, von wo aus sie einen fantastischen Blick auf den darunterliegenden Saal hatten. Die drei Bücher, alle unter dem Autorennamen Geber vermerkt, standen nebeneinander. Alessandra kletterte auf einen Hocker, um an die Bücher zu kommen. Sie nahmen sie mit zu einem der Tische und setzten sich gemeinsam daran. Da niemand Anderes im Moment in der Bibliothek zu arbeiten schien, konnten sie sich unterhalten. Trotzdem, in Ehrfurcht vor dem ehrwürdigen Ort sprachen sie nur flüsternd. Das erste Buch war wohl die lateinische Übersetzung eines der Bücher, die tatsächlich Jabir Ibn Hayyan zugeschrieben wurden, dem Geber Arabicus. Der Titel des umfangreichen

Wälzers lautete *Corpus Gabirianum: Liber de septuaginta, Liber misericordiae, Liber triginta verborum* und stammte aus dem Jahr 1754. Der Kupferstich auf der Titelseite zeigte einen bärtigen Mann mit hoher Stirn, einen Destillierkolben in der einen Hand, die andere zur Decke gerichtet wie auch der Blick, den Ellenbogen auf ein Buch gestützt. Im Hintergrund brodelte und dampfte es aus einem undefinierbaren Gerät. „Eine geradezu faustische Gestalt", bemerkte Lia.

Das nächste Buch trug den Titel *Geberis philosophi perspicacissimi, summa perfectionis magisterii in sua natur ex bibliothecae Vaticanae exemplari undecunq: emendatissimo nuper edita, cum quorundam capituloru, vasorum, et fornacum, in volumine aliàs mendosissime impresso omissorum. Libriq investigationis magisterii et testamenti eiusdem Geberis, ac Aurei triu verborum libelli et Avicennae summi medici et acutissimi philosophi mineralium additioe castigatissima.* Der Buchtitel war in Form eines nach unten verjüngenden Trichters angeordnet, nahm die gesamte Titelseite ein und ließ keinen Platz für den üblichen Kupferstich. „Was für ein Titel!", stöhnte Lia.

„Och, da gibt's noch schlimmere. Im Barock war der Titel gleichzeitig Inhaltsangabe, Klappentext und Danksagung. Viel wichtiger: das hier ist die *Summa perfectionis magisterii* von Pseudo-Geber, also unserem Paul von Tarent. Geber und Pseudo-Geber werden im Zettelkasten also nicht unterschieden. Was ist das nächste Buch?"

„Das gleiche Buch, nur", Lia frohlockte, „in italienischer Übersetzung."

„Na fantastisch! Lies mal etwas daraus vor."

Lia schlug wahllos eine Seite auf und räusperte sich. Dann las sie leise vor: „Wir sagen also, der Schwefel ist eine fettartige Verdichtung der Erde, die durch mäßige Einkochung im Erdinnern so lange eingedickt wurde, bis sie hart und trocken wurde. Diese erhärtete Substanz wird Schwefel genannt. Die Zusammensetzung des Schwefels ist eine sehr feste, und seine Substanz ist durch und durch homogen. Deshalb kann man durch Destillation kein Öl aus ihm gewinnen, wie aus anderen ölhaltigen Körpern. Wenn man aber versucht, ihn ohne Substanzverlust zu kalzinieren, so arbeitet man vergebens, weil man ihn nur mit großer Mühe unter großen Substanzverlusten kalzinieren kann. Bei der Kalzination bleiben nämlich von hundert Teilen kaum drei Teile zurück. Ohne ihn zu kalzinieren, kann man ihn aber nicht fixieren. Man kann ihn dagegen mit anderen Körpern verbinden und seine Flüchtigkeit dadurch verringern und sein Verbrennen verhindern. In der Verbindung mit anderen Stoffen läßt er sich auch leichter kalzinieren. Wer nun versucht, aus ihm allein die veredelnde Substanz zu gewinnen, der erreicht nichts. Nur in seinen Verbindungen mit anderen Stoffen läßt er sich zu einer veredelnden Substanz verarbeiten, und wenn dies nicht der Fall ist, entschwindet einem das Magisterium, bis man verzweifelt. Mit seinem Gefährten, dem Arsenik, zusammen kann er zu einer Tinktur verarbeitet werden, die jedem Metall das volle Gewicht gibt und es reinigt und veredelt, und zwar mit Hilfe des Magisteriums, ohne welches diese Stoffe keine Veredlung, sondern eher Verschlechterung bewirken. Ohne das Magisterium kann man also den Schwefel nicht für die Veredlung benutzen. Wer aber versteht, ihn durch Präparierung mit anderen Körpern zu vermischen und zu vereinigen, der kennt eines von den Geheimnissen der Natur und einen Weg zur Veredlung, zu der viele Wege führen, mit gleichem Zweck und Ziel. Wenn man irgendwelche Metalle mit ihm kalziniert, so nehmen sie ohne Zweifel das richtige Gewicht an. Kupfer nimmt durch ihn ein goldähnliches Aussehen an. Er vereinigt sich auch mit Quecksilber, und durch Sublimation entsteht Usifur oder Zinnober. Alle Körper werden durch ihn kalziniert, außer Gold und Zinn, Gold noch schwieriger. Quecksilber wird durch Schwefel nicht so leicht zu wirklichem Gold oder Silber verdichtet, wie einige Toren gemeint haben. Die Körper, welche weniger Feuchtigkeit enthalten, werden leichter durch Schwefel kalziniert als diejenigen, welche viel enthalten. Beim höchsten Gott, der Schwefel verbessert jeden Körper, denn er ist ein Alaun und eine Tinktur. Er läßt sich schwer lösen, da er keine salzigen, sondern ölige Teile enthält, die sich im Wasser nicht leicht lösen. Was sich leicht oder schwer in Wasser löst, will ich im Kapitel, das die Löslichkeit behandelt, deutlich zeigen. Er sublimiert, da er ein flüchtiger Körper ist, und wenn er mit Kupfer vermischt und vereinigt wird, so entsteht eine wunderbare blaue Farbe. Auch mit Quecksilber vereinigt er sich, und es entsteht dann durch Erwärmung eine köstliche Farbe. Es soll keiner glauben, dass der Schwefel allein das Werk der Alchemie vollbringe. Das wäre eine ganz falsche Meinung, die wir im folgenden klar zeigen. Doch nun genug vom Schwefel."

„Na Gott sei Dank, genug vom Schwafel! Jetzt verstehe ich, woher die Engländer ihr Wort 'gibberish' haben."

„Sind wir jetzt schlauer?", fragte Lia. „Ich jedenfalls nicht."

„Die Frage bleibt doch, ob das eine Übersetzung aus dem Arabischen ist, die auf einem Original aus dem 9. Jahrhundert basiert, oder ob sich Paul von Tarent das selber ausgedacht hat."

„Es könnte zumindest auf einem älteren Original beruhen, so wie dieser syrische Professor argumentiert hat, oder? Ich kann seiner Liste von Zerstörungen arabischer Bibliotheken übrigens noch eine hinzufügen, und zwar hier in Italien. Auch in Lucera, nördlich von Bari, gab es ein 'Haus des Wissens'. Als der König von Neapel nach dem Tod

Friedrichs II, der die Muslime beschützt hatte, die Stadt einnimmt und völlig niederbrennen lässt, fällt auch die Bibliothek den Flammen zum Opfer. Was müssen dort für Schätze gelegen haben!" Lia seufzte.

„Also, mal angenommen, die *Summa perfectionis* beruht tatsächlich auf einem älteren arabischen Original, dann könnte das im 9. Jahrhundert mit syrischen Mystikern, die vor Verfolgung geflohen sind, den *Giacomini* in Zia Janns Geschichte, nach Italien gelangt sein."

„Entweder Mönche, die vor dem Bilderstreit geflohen sind, dann wären es Basilianer, oder vielleicht auch Sabier, die vor der drohenden Zwangskonvertierung geflohen sind."

„Oder einfach nur friedliche Händler. Die Frage wäre dann, wie kommen diese Schriften in die Hände Pauls von Tarent? Wieso überhaupt Tarent?", fragte Alessandra.

„Tarent war auch eine zeitlang eine muslimische Stadt, wenn auch ein Emirat wie Bari, vergiss das nicht. Ich sehe da mehrere Möglichkeiten. Erstens: Ein Basilianer oder Sabier bringt Manuskripte nach Tarent. Fertig. Zweitens: Der letzte Emir von Bari geht nach Ende seiner Gefangenschaft nach Tarent, das kurz darauf mal wieder zerstört wird. Was bringt er mit? Kam er mit leeren Händen? Drittens: Lucera und sein 'Haus des Wissens' wird 1300 zerstört. Zehn Jahre später veröffentlicht Paul von Tarent die *Summa perfectionis*. Hat jemand noch vor der Zerstörung Luceras Manuskripte in Sicherheit gebracht? Paul war Franziskaner und Franziskaner hatten ein enges Netzwerk von Mitbrüdern in den Städten und Dörfern. Und sie waren zudem für ihre freundschaftlichen Kontakte zu den Muslimen bekannt."

„Ich finde die dritte Möglichkeit am plausibelsten", sagte Alessandra.

„Ich auch", bestätigte Lia.

„Was sind die letzten beiden Bücher, die du gefunden hast? Wo stehen sie?"

„Das eine ist ein originales Manuskript des Summa perfectionis aus dem 14. Jahrhundert, von einem Mönch kopiert. Das befindet sich sicher verschlossen in einem klimatisierten Safe. Da kommen wir ohne Sondergenehmigung nicht ran. Aber der letzte Eintrag ist kein Buch von Geber, sondern eines über ihn, und das befindet sich in der historischen Abteilung nebenan."

„Dann nichts wie hin!"

Schnell war die Signatur gefunden. Das Buch stand natürlich ganz oben, wie immer. Alessandra kletterte die Leiter hinauf und holte es heraus. Es handelte sich eher um ein dünnes Heftchen als um ein Buch und war in die typischen beigen Pappumschläge des frühen 20. Jahrhunderts gebunden. Lia nahm das Buch, ging rasch das Inhaltsverzeichnis durch und blätterte dann kurz die Seiten durch, die sie interessierten. „Hm, hier steht eigentlich nichts Neues drin. Eine kurze Biographie Gebers, dann ein Überblick über die ihm zugeschriebenen Schriften. Dann eine Auflistung seiner mutmaßlichen Erfindungen sowie eine Zusammenfassung seiner Naturphilosophie. Das hab' ich alles schonmal woanders gelesen. Der hier ist allerdings auch fest davon überzeugt, dass die sogenannten Werke des Pseudo-Gebers komplett später verfasst wurden."

„War ja vielleicht auch so."

„Vielleicht. Wir sollten mehr über Paul von Tarent herausfinden. Was er getan hat, woher er stammt, ob er sonst noch etwas geschrieben hat, welche Sprachen er gesprochen hat, und so weiter."

„Lass uns mal sehen, was der Zettelkasten hergibt!"

Alessandra hatte ihn schnell gefunden. „Paolo di Taranto – Da ist er ja. Zwei Einträge, einen Querverweise auf Geber und die *Summa perfectionis*, und ein anderes Werk, diesmal unter seinem eigenen Namen publiziert: *Theorica et practica.* Laut Kurzbeschreibung eine Verteidigung der Alchemie durch Beschreibung der hinter ihr stehenden Logik. Der Autor unterscheidet zwischen lebender und toter Materie und schreibt dem menschlichen Geist zu, tote Materie verändern zu können. Er gibt auch einige Rezepte an, mit denen man Edelmetalle und Edelsteine herstellen können soll. Sonst steht hier nichts."

„Er war doch Franziskaner. Müssten die Franziskaner hier in Tarent nicht etwas über ihn haben?", fragte Lia. „Ich meine, die Orden archivieren doch sonst alles, oder?"

„Es wäre einen Versuch wert. Ich kenne eine kleine Bibliothek in der Nähe, die auf die lokale Geschichte der Mönchsorden und besonders die der Franziskaner spezialisiert ist, die Bibliothek San Egidio. Sie gehört zum hiesigen Franziskanerkloster. Sie ist nicht weit von hier, gleich hinter der Brücke, die in die Neustadt führt." Alessandra sah auf ihre Uhr. „Müsste noch offen sein." Im Hinausgehen verabschiedeten sich die beiden Frauen vom Pförtner und bedankten sich herzlich.

Die Bibliothek San Egidio war vollkommen anders als die erzbischöfliche Bibliothek. Klein, hochspezialisiert und nüchtern, lagerten in ihr in Stahlregalen Bücher und Dokumentenkisten, die man an Resopaltischen auf ergonomischen Stühlen sitzend konsultieren konnte. Autoren-, Titel- und Schlagwortverzeichnisse waren digitalisiert. Das nicht mehr ganz so neue Computerterminal stand gleich neben der Tür des kleinen Lesesaals. Den beiden Lesesälen war gemein, dass keiner der Tische besetzt war.

„Dann mal los!" Lia setzte sich an den Bildschirm. „Paolo di Taranto – kein Eintrag. Di Taranto, Paolo – nichts."

Der Bibliothekar, ein franziskanischer Ordensbruder, der sich Lia als Bruder Antonio vorgestellt hatte (Alessandra kannte er natürlich bereits – sie schien mit allen Bibliothekaren der Stadt per du zu sein), gesellte sich zu ihnen. Er trug nicht den braunen Franziskanerhabit, sondern schlichte Leinenhose und ein Polohemd. „Entschuldigt, ich möchte mich ja nicht einmischen, aber ich habe gehört, ihr sucht nach Paul von Tarent. Da seid ihr nicht die Ersten, aber ich muss euch leider enttäuschen; er taucht in den Ordensarchiven der Franziskaner nicht auf. Er wird kein einziges Mal erwähnt, dabei haben wir Listen unserer Brüder seit der Gründung des Franziskanerordens. Der einzige Hinweis auf seine Existenz ist die Autorenschaft seiner Bücher. Das ist schon ziemlich ungewöhnlich."

„Warum wird sein Name nirgends erwähnt?", fragte Alessandra den Mönch.

„Eine gute Frage, und auch die haben sich bereits Andere gestellt. Es handelt sich offenbar um eine *damnatio memoriae*, also um eine Auslöschung des Namens aus der Erinnerung. Die meisten, die sich mit diesem Problem befasst haben, sind der Meinung, dass es mit Bruder Pauls alchemistischen Schriften zu tun hatte, die plötzlich verpönt waren. Ich persönlich kann das, ehrlich gesagt, nicht wirklich glauben. Andere Ordensbrüder des Mittelalters waren auch auf dem Gebiet tätig und sind im Gegenteil sehr berühmt geworden – Roger Bacon zum Beispiel. Außerdem hatte der Franziskanerorden immer eine sehr positive Einstellung zur experimentellen Erforschung der Natur. Kurz – ich kann nicht sagen, warum wir keine Information zu Paul von Tarent haben."

Lia kam eine Idee. „Kennen Sie sich mit der Ordensgeschichte in Apulien gut aus?"

Der Bibliothekar lächelte. „Bleiben wir doch beim du. Das Sie ist so förmlich. Aber ja, das ist mein Dissertationsthema, peripher zumindest. Fragt mich ruhig!"

„Nun gut. Du bist bestimmt mit der Geschichte Luceras vertraut, oder? Die muslimische Stadt nördlich von Bari, die im Jahr 1300 zerstört und anschließend als christliche Stadt wieder aufgebaut wird."

„Ja, die kenne ich."

„Gab es Kontakte der Franziskaner nach Lucera vor der Zerstörung? Was ich meine ist Folgendes: In Lucera soll es ein Haus des Wissens nach dem Vorbild der Akademie in Baghdad gegeben haben, welches dann von den Truppen des Königs von Neapel niedergebrannt wurde. Wäre es möglich, dass ein Franziskaner, möglicherweise sogar Paul von Tarent selber, vorher schon Kontakt zu den Gelehrten Luceras hatte und so vielleicht in den Besitz des einen oder anderen Manuskripts gekommen ist?" Lia sah den Mann fragend an.

„Das ist durchaus möglich. Wenn ich näher darüber nachdenke, würde ich sogar sagen, wahrscheinlich. Seht mal, Lucera war als Stadt gar nicht isoliert, wie manche Leute vielleicht denken. Es war eine Handelsstadt, eine offene Stadt, in der eben auch Muslime frei ihren Glauben ausüben durften. Aber das heißt nicht, dass nicht auch Christen dort leben durften. Und gerade die frühen Franziskaner waren für ihren Dialog mit den Muslimen bekannt. Kennt ihr die Geschichte vom heiligen Franziskus von Assisi beim Sultan?"

„Kennen wir", sagten Lia und Alessandra unisono. Lia fuhr fort. „Dann hätten die Franziskaner in Lucera vielleicht auch Arabisch lesen können? Ich meine, um ein Manuskript zu übersetzen?"

„Das halte ich für eher unwahrscheinlich", antwortete Bruder Antonio. „Wahrscheinlicher ist, dass arabische Traktate bereits ins Griechische übersetzt worden waren. Ein gelehrter Naturwissenschaftler des Mittelalters konnte mit Sicherheit Griechisch lesen."

„Das ist jetzt nur wilde Spekulation", spann Lia den Gedanken weiter. „aber wäre es in dem Fall nicht vielleicht auch denkbar, dass eine möglicherweise herrschende enge Verbindung Pauls von Tarent zu muslimischen Gelehrten in Lucera nach dessen Zerstörung als nicht mehr opportun galt? Dass sein Name deshalb ausgelöscht wurde? Ich komme darauf, weil ich kürzlich noch gelesen habe, wie die offizielle Heiligenlegende des Franziskus verfälscht wurde, um besser in den antimuslimischen Zeitgeist zu passen. Der Ton wurde mit der zunehmenden Anzahl von Kreuzzügen rauer und der König von Neapel war bestimmt auch nicht zimperlich mit Kritikern."

„Das wäre im Bereich des Möglichen", entgegnete der Mönch. „Aber es ist, wie du selber sagst, Spekulation."

„Zumindest wäre es eine Erklärung für die *damnatio memoriae*."

„Das wäre es. Wenn ihr jetzt allerdings keine Fragen mehr habt, würde ich mich gerne für fünf Minuten entschuldigen." Er zog eine Zigarettenschachtel aus seiner Hosentasche und lächelte entschuldigend. „Eines meiner größeren Laster. Ich gehe zum Rauchen immer in den Hof."

„Okay", sagte Alessandra, als Bruder Antonio gegangen war. „Gehen wir mal davon aus, ganz spekulativ, wie alle hier betonen – also tu ich das auch –, dass unser guter Paul um 1300 die *Summa perfectionis* aus dem Arabischen oder aus der griechischen Übersetzung ins Lateinische übersetzt hat. Vielleicht hat er sich bei der Übersetzung einige Freiheiten genommen, was die stilistischen Diskrepanzen erklären würde. Er könnte Zugang gehabt haben zu einer in Italien einzigartigen Bibliothek. Dass sein Schreibstil für Leser der Neuzeit eine Katastrophe ist, ist eine andere Frage. Aber – ganz ehrlich – was bringt uns das für unsere Fragestellung? Was ist mit dem 'Schatz der Giacomini' aus dem 9. Jahrhundert? Da sind wir noch keinen Schritt weiter."

„Jetzt wo wir schonmal hier sind, können wir gleich weiter suchen, oder? Hast du heute noch etwas vor?"

„Mittagessen vielleicht?"

„Ach komm schon, es ist noch früh. Ein Stündchen haben wir noch."

Bruder Antonio steckte seinen Kopf zur Tür herein. „Braucht ihr mich noch? Ich sitze nebenan an meinem Schreibtisch. Wenn ihr Fragen habt, kommt gerne zu mir."

„Machen wir, danke, Antonio!", rief Alessandra, und Bruder Antonios Kopf zog sich wieder aus der Tür zurück.

„Und jetzt?", fragte sie.

„Wir sind in einer Bibliothek für Ordensgeschichte. Jakobiner, Basilianer – ran an die Datenbank!"

Nach einiger Suche – das Stichwort Jakobiner hatte sie nicht weitergeführt – fanden sie unter dem Stichwort Basilianer ein Buch in verblichenem Papierumschlag über die süditalienischen Eremiten des Mittelalters. Das Stichwort Basilianer hatte sie erst in die Irre geführt, da es einen anderen, neuzeitlichen Orden gleichen Namens gab. Dieses Buch aber sah vielversprechend aus. Ein Privatgelehrter des 19. Jahrhunderts hatte es aus allen ihm zur Verfügung stehenden Quellen zusammengestellt. Das erste Kapitel befasste sich mit den Anfängen des Eremitentums in Italien im Frühmittelalter. Lia und Alessandra setzten sich gemeinsam an einen der Resopaltische und fingen an zu lesen. Die ergonomisch aussehenden Stühle waren weitaus unbequemer als sie aussahen. Alessandra las etwas schneller Italienisch als Lia, die ja schließlich in Deutschland zur Schule gegangen war, so dass Alessandra beim Umblättern immer etwas auf Lia warten musste. Zunächst fasste der Autor die politische Situation des östlichen Mittelmeerraums im Frühmittelalter zusammen, erklärte das Wesen des Mönchtums in den frühen Ostkirchen und gab einen Überblick über die verschiedenen Kirchenspaltungen. Dann erklärte er, wie der byzantinische Bilderstreit zur Auswanderung verschiedener Gruppen von Mönchen nach Italien geführt hatte. Das war ihnen alles bereits bekannt, also überflogen sie den Text. Schließlich wurde es interessant: Sie stießen auf eine konkrete Aufzählung von Geschichten und Legenden früher Eremiten und deren Einsiedeleien. Da waren Elias der Höhlenbewohner und sein Schüler, der heilige Arsenios, ein kalabrischer Basilianer, der erst vor einer arrangierten Ehe und später vor den Sarazenen geflohen war und zusammen mit seinem Lehrer eine Einsiedelei gegründet hatte, außerdem Palerio und Equizio von Telese, Nikodemus von Cirò, der schon in jungen Jahren den Habit nahm, sowie die Basilianermönche Leoluca di Corleone, der – wen wundert's – aus Sizilien stammte, und Nilus der Jüngere, der als Eremit das Basilianertum in Süditalien verbreitete. Der nächste Eintrag betraf einen Schüler des letzteren, Giacomo, genannt der Syrer, ein basilianischer Mönch, der Ende des 9. Jahrhunderts zusammen mit zwei Brüdern, Kyrill und Elias, eine kleine Einsiedelei in einer Grotte bei Ceglie Messapica gegründet hatte, die er einer Vision oder einem Traum zufolge nach dem Erzengel Gabriel benannt habe. Giacomo der Syrer stand zu seiner Zeit in dem Ruf, besonders belesen und gelehrt zu sein, und zwar mehrsprachig. Mehrere Gedichte wurden ihm zugeschrieben, überwiegend religiös-mystischen Inhalts.

„Der klingt vielversprechend." Alessandra tippte mit dem Finger auf die Textstelle.

„Ist die Grotte zufällig auf unserer Liste?", fragte Lia.

„Einen Moment." Alessandra zog einen Stapel ausgedruckter Blätter aus ihrer Mappe und ging die Liste durch. Nach wenigen Seiten fand sie das Gesuchte. „Sie steht tatsächlich drauf! Hier: San Gabriele Arcangelo, basilianische Einsiedelei. Die ältesten dort vorhandenen Fresken werden in das 9. Jahrhundert datiert. Bingo! Über der Grotte wurde später ein Kloster errichtet, das aber nicht mehr vorhanden ist. Jetzt steht dort ein Privathaus; die Grotte ist in Privatbesitz. Der vordere Raum der Grotte wurde in den 1960ern vermessen und kartiert; dabei wurden zwei schmale, halb verschüttete Gänge im hinteren Teil entdeckt, die der Geometer jedoch nicht zu betreten wagte. Keiner weiß, wohin sie führen. Das klingt spannend!"

„Das tut es!", bestätigte Lia.

Sie lasen gemeinsam noch die verbliebenen Mönchsbiographien und Eremitenlegenden durch, fanden aber nichts mehr, das ihre Aufmerksamkeit im Besonderen erregte. Alessandra fing im Geiste sofort an, ihre Expedition in die Grotte San Gabriele Arcangelo zu planen.

ر

Seit vier Jahren lebe ich nun als Gast des Emirs Uthman von Tarent in dessen Stadt. Meine Frau Ablah ist vergangenes Jahr verstorben, meine älteste Tochter hat in Balarm einen reichen Kaufmann geheiratet, mein ältester Sohn ist zum Studium nach Ifriqiya gegangen, die anderen Kinder sind zum Zweck ihrer Ausbildung in Balarm geblieben. Ich bin froh, dass niemand von ihnen die Zerstörung Tarents mit ansehen muss. Ich fühle mich an meine letzten Tage in Bari erinnert, mit dem Unterschied, dass die Last der Verantwortung hier nicht auf meinen Schultern lastet.

In der Zwischenzeit habe ich Kunde von meinem Freund Abu Aaron erhalten, der Bari in weiser Voraussicht verließ und sich als großer jüdischer Gelehrter einen Namen gemacht hat und viele Schüler in vielen Ländern unterrichtet hat.

Adelchis von Benevent jedoch wurde vor zwei Jahren in einem griechisch-fränkischen Komplott ermordet.

Gleichwohl traf ich hier in Tarent Yakub, den Sohn meines Freundes Yahya wieder, der eines Tages zerlumpt und barfuß vor meiner Tür stand. Er war nunmehr beileibe Mönch in der Gemeinschaft der asketischen Basilianer geworden und lebte in einer Höhlensiedlung, die diesen absonderlichen, aber frommen Menschen als Zuhause diente. Sein Lehrer Nilus, den er sehr verehrte, hatte ihn zusammen mit zwei Mitbrüdern ausgesandt, um eine neue Einsiedelei zu gründen. Yakub, der sich jetzt Giacomo nannte, und seine Brüder hatten ihre Gemeinschaft nach dem Erzengel Dschibra'il benannt, der von Muslimen wie Christen gleichermaßen verehrt wird. Er erzählte mir überdies, dass sein Vater die Zerstörung Baris nicht überlebt habe. Von Ahmad wusste er mir nichts zu berichten. Er schilderte mir auch sein karges Leben als Mönch, erzählte von den vielen unterirdischen Gängen und Höhlen, die dieses Land durchzogen und die den Basilianern als Unterschlupf in gefährlichen Zeiten oft das Leben gerettet hätten. Er berichtete des Weiteren davon, wie die Zeiten nun für sie einfacher wurden, dass die Streitigkeiten zumindest unter den christlichen Gemeinschaften beigelegt waren und sie nun vermehrt in die Öffentlichkeit treten wollten, um Schulen zu gründen und zumindest ein bisschen Bildung in die Öffentlichkeit zu tragen. Ich muss sagen, dass es mich sehr freute, dass das harranische Modell der Schulen weiter Früchte trägt, wenn auch in anderer und weit geringerer Form.

Aus diesem Grund bitte ich Yakub, genannt Giacomo, den Sohn meines Freundes Yahya, den ich in diesen schwierigen Zeiten an Sohnes statt aufgenommen habe, diesen meinen Bericht zusammen mit den letzten mir verbliebenen Manuskripten aus der Stadt zu bringen – er kennt Mittel und Wege hinauszugelangen – und bei einem der ihren zu verstecken, damit nicht auch sie wie all die anderen zuvor ein Raub der Flammen werden. Ich selber bin müde geworden und werde hier in Tarent der Dinge harren, die da kommen. Möge der Engel Dschibra'il sowohl ihm als auch mir helfen.

XIV

Zwei Tage später saßen die beiden Frauen wieder beisammen. Es war Abend; die Sonne war noch nicht ganz untergegangen und auch die letzten Strahlen erhitzten die Luft noch auf. Lia sehne sich nach dunkler Kühle. Alessandra war in ihrem Element: „Wir brauchen Helme mit Stirnlampen, Seile, Gurte, festes Schuhwerk, eine Messschnur, zwei Maßbänder, einen Kompass, einen Klappspaten und eine Kamera. Ich denke nicht, dass wir allzu vielen Schwierigkeiten ausgesetzt sein werden. Ich würde bei den Voraussetzungen eine grundsätzlich horizontale Ausdehnung der Höhle erwarten. Sonst wären wohl auch die Mönche kaum weiter eingedrungen. Der vordere Teil ist ja bereits kartiert. Spannend wird es dahinter. Die beiden Seitengänge wollen wir natürlich auch kartieren. Ich bin gespannt, wohin sie verlaufen. Wir gehen mit drei Leuten rein. Ich habe einen Kollegen aus dem Verein für die Aktion gewinnen können. Er heißt Marco, netter Kerl, der eher besonnene Typ. Wir beide gehen vor und sondieren die Lage, du kommst hinterher. Du bist doch hoffentlich nicht klaustrophobisch, oder?"

„Nicht, dass ich wüsste", antwortete Lia. „Ich bin mal im Aufzug stecken geblieben und dann fiel noch der Strom aus. Es war stockdunkel. Ich war genervt, aber nicht panisch."

„Das ist gut. Dann steht unserer Expedition ja nichts mehr im Wege."

„Wir brauchen vor allem erstmal die Genehmigung der Besitzer. Die Grotte befindet sich auf einem Privatgrundstück."

„Kein Problem! Da es sich um staatlich geschütztes Kulturgut handelt, müssen sie Forschern den Zugang gewähren. Und da unser Verein eine staatlich anerkannte Institution ist, sind wir die Forscher. Marco ist Geologe und ich habe dich als Historikerin angemeldet. Mit den Besitzern habe ich auch schon telefoniert. Sie waren sehr zuvorkommend."

„Wann hast du das alles gemacht?", fragte Lia staunend.

„Gleich gestern. Wir gehen Samstag rein, ist schon alles abgemacht. Wir holen dich morgens um acht Uhr ab. Du hast doch keine Einwände?"

„Auf keinen Fall!"

Die Zeit bis Samstag verging nur schleppend in der Sommerhitze. Lia und Zia Jann standen bei Morgengrauen auf, um vor zehn Uhr die Arbeit draußen verrichtet zu haben und sich in das Innere des Hauses zurückziehen zu können. Wenn man den Trullo nachts lüftete und tagsüber gut verschloss, blieben die Innenräume angenehm kühl.

Schließlich war der Samstag da und wie versprochen holte Alessandra Lia pünktlich um acht Uhr ab. Ein Mann um die Vierzig stieg aus dem Wagen und stellte sich als Marco vor. Marco war groß, hatte raspelkurze Haare auf einem kreisrunden Schädel, eine Art Raubtierkralle oder den Zahn einer urzeitlichen Echse im Ohrläppchen und war, soweit Lia das sehen konnte, mindestens an beiden Armen tätowiert. Die Zeichnungen sahen aus wie prähistorische Muster und erinnerten sie an Höhlenzeichnungen. Passte ja irgendwie. Nico war auch mit dabei; neben Marco wirkte er unglaublich brav. Er hatte eine Fotoausrüstung dabei und wollte die Fresken und was sie sonst noch so entdeckten fotografieren. Nachdem er Lias und Alessandras Recherchen eigentlich skeptisch gesehen hatte, hatte es ihn jetzt, wo es konkret wurde, doch gepackt und er war gerne mit von der Partie.

Nach einer halben Stunde Autofahrt, während der sie sich angeregt über die bevorstehende Expedition unterhielten, standen sie bereits vor einem großen Tor. Sie klingelten und nur wenige Augenblicke später öffnete sich das Tor, so dass sie den Wagen durch einen gepflegten Garten voller Kakteen, Agaven und anderer Sukkulenten bis zum Haus fahren konnten. Die Besitzer stellten sich als ein freundliches Paar mittleren Alters heraus. Bei einem Tässchen Kaffee, die die Besitzer ihren Besuchern sogleich angeboten hatten, erzählten sie, wie sie vor ein paar Jahren das heruntergekommene Haus gekauft und anschliessend renoviert hatten. Die Höhle war einfach Teil des Grundstücks gewesen und gehörte jetzt, obwohl sie unter Denkmalschutz stand, ihnen. Von dem Kloster, das hier mal gestanden hatte, war tatsächlich keine Spur mehr zu sehen. „Sollen wir Ihnen jetzt den Zugang zeigen? Ich komme mit runter in die Krypta, von da aus können Sie die hinteren Seitengänge sehen."

Lia, Alessandra, Marco und Nico packten ihre Ausrüstung zusammen und folgten dem Besitzer. Der Zugang zur Höhle des heiligen Erzengel Gabriel erwies sich als atemberaubend. Von hohen Bäumen beschattet und von deren dicken Wurzeln flankiert, führte eine mühsam in den Fels gehauene Treppe unter die Erde. Nico begann sogleich zu fotografieren. Sie passierten ein großes, kreisrundes Loch zu ihrer Rechten.

„Die Zisterne der Eremiten", kommentierte Alessandra. „Auch der asketischste Mönch braucht Wasser zum Trinken. Vielleicht wurde darin auch getauft."

Die Krypta bestand aus einer großen, natürlichen Tropfsteinhöhle. Stalagmiten und Stalaktiten waren darin zu mächtigen Säulen zusammengewachsen. Ein Wasserfall aus Stalaktiten ergoss sich über die Höhlenwände. An der Frontseite, gegenüber der Treppe, war die Wand jedoch glatt. An ihr befand sich ein massiver steinerner Altar. Die Wand dahinter und an dessen Seiten war mit Fresken bemalt. Was Lia aber zuerst auffiel, war die angenehme Kühle. Als sie es anmerkte, entgegnete ihr Marco: „Das Schöne an der Speläologie ist die konstante Temperatur in den Höhlen. Kein Witz, das ganze Jahr über sind die Temperaturen fast gleich."

Jetzt meldete sich der Besitzer wieder zu Wort und wies mit der Hand auf den Steinaltar und die Fresken an der Wand: „Hier sehen wir die mit erhobenen Armen betende Madonna. Eine ganz seltene und frühe Art der Darstellung."

„Eindeutig 9. Jahrhundert", unterbrach Lia. „Das Fresko dürfte noch von den Mönchen selber stammen, die die Einsiedelei gegründet haben." Deckenmalereien

Die Darstellung war in der Tat sehr schematisch, der Körper misproportioniert mit einem riesigen Kopf und dünnen Ärmchen. Daneben wirkten die anderen Fresken weitaus professioneller. Noch zu erkennen waren ein Christus Pantokrator, der, die Hand zum Segen erhoben, auf einem Thron saß, flankiert von dem Erzengel Gabriel, der der Höhlenkirche den Namen gegeben hatte.

„Diese hier dagegen sind viel jünger, wahrscheinlich aus dem 13. Jahrhundert."

„Das heißt, aus der Zeit Paul von Tarents", warf Alessandra ein.

„Meinst du, er war hier?", fragte Lia.

„Kann ich nicht sagen. Ist aber nicht sehr wahrscheinlich, oder? Paul war schließlich Franziskaner und kein Basilianer. Auf jeden Fall heißt das, dass diese Höhle in dieser Zeit bekannt und in Gebrauch war."

Weitere Stufen führten rechts vom Altar weitere 50 Meter hinunter in die Grotte und endete in einem weiten Schotterfeld, das von großen und kleineren Steinbrocken, die im Laufe der Jahrhunderte heruntergefallen sein mussten, übersät war. An der Decke hingen hunderte von Fledermäusen. Dahinter waren zwei niedrige Durchlässe zu erkennen, etwa 20 Meter voneinander entfernt, und beide nur gerade so hoch, dass man in sehr gebückter Haltung hindurchgehen konnte. Der rechte Durchgang war teilweise von Felsen verdeckt.

„Da wollen wir durch", übernahm Marco die Führung. Hier ist alles kartiert und dokumentiert, aber bisher hat sich keiner durch diese Gänge gewagt. Wir fangen mit dem linken Durchgang an."

„Dann mal los!", stimmte Alessandra zu. Sie, Lia und Marco balancierten über das unebene Geröllfeld voller wackeliger Felsbrokken. Nico blieb im Altarraum der Grotte zurück, um Scheinwerfer aufzubauen und Fotos zu machen.

„Ich wünschte, ich könnte schweben wie dieser Mönch, wie hieß er doch gleich?", dachte Lia, als sie schon zum zweiten Mal in Folge mit dem Fuß abrutschte. Wenn sie nicht ihre schweren Wanderschuhe angezogen hätte, wäre sie bestimmt schon mit dem Fuß umgeknickt. Sie erreichten den linken Durchgang. Dahinter herrschte tiefste Dunkelheit. Sie leuchteten mit einer Taschenlampe hinein. Ein Gang führte einige Meter weiter und machte dann einen Knick.

„In Ordnung", sagte Marco. „Wir kartieren den Tunnel auf die altmodische Art. Alessandra und ich nehmen das Maßband und den

Neigungsmesser. Lia, du nimmst das Klemmbrett und den Kompass. Skizziere einfach ungefähr die Höhle und schreibe die Maße, die wir dir durchgeben, daneben. Bitte achte darauf, dass die Skizze korrekt genordet ist. Schaffst du das?“

„Ich denke schon.“

„Dann los. Lia, deine Stirnlampe.“

Sie tastete auf ihrem Helm herum, bis sie den Schalter fand. Marco nickte und ging vor, beziehungsweise, um genau zu sein, er kroch vor. Groß wie er war, musste er sich stellenweise auf die Knie sinken lassen. Alessandra, die wesentlich kleiner war, schaffte es, tief gebückt zu gehen, ebenso Lia. Der Gang verlief nach Südosten, mit einer leichten Neigung nach unten. Dabei gewann er etwas an Höhe, so dass auch Marco jetzt gebückt gehen konnte. Lia skizzierte den Gang so gut sie konnte und notierte die Messpunkte und die Messwerte, die die anderen beiden ihr zuriefen. So kamen sie nur langsam voran. Lia vernahm ein Knirschen unter ihren Fußsohlen. Als sie die Stiefel hob, sah sie die zersplitterten Knochen eines kleinen Nagetiers. Der Gang machte einen Knick nach Nordosten, dann standen sie in einer kleinen, nein, in einer winzigen Kammer. Der natürlichen Form der Höhle war offensichtlich nachgeholfen worden: die Decke war höher und bildete die Form eines Gewölbes, so dass zumindest Alessandra und Lia in der Mitte des Raumes aufrecht stehen konnten. Eine in den Stein gehauene schmale Pritsche stand entlang der Rückwand, darüber war eine Nische in den Fels geschlagen. Ein schlichtes Kreuz war mit roter Farbe auf die Steinwand gemalt. Ansonsten war die Kammer vollkommen leer.

„Das muss die ursprüngliche Einsiedelei sein“, rief Lia aus. „Mein Gott, hier hat dieser Giacomo gelebt!“

„Wahrscheinlich. Ziemlich spartanisch. Das Bett sieht furchtbar unbequem aus.“ Alessandra zeigte auf die Steinpritsche.

Sie sahen sich gründlich um, ob sie auch nichts übersehen hatten. Aber außer dem Bett und der leeren Nische fanden sie nichts, keine Spalte im Stein, kein mögliches Versteck. Sie waren dennoch schwer beeindruckt von ihrem Fund. Dann vermaßen sie die Kammer und fertigten eine sorgfältige Skizze an. Im Büro würde Marco eine maßstabsgetreue Reinzeichnung anfertigen und sie dem digitalen Höhlenverzeichnis hinzufügen.

„Glückwunsch! Das ist ein großartiger Fund“, sagte Marco. „Aber wir haben noch einen zweiten Gang vor uns. Darf ich vorschlagen, dass wir uns den jetzt vornehmen?“

Keine der beiden Frauen hatte Einwände. Zurück in der Hauptgrotte, in der Nico immer noch mit Detailaufnahmen beschäftigt war, riefen sie ihm quer über das Geröllfeld die gute Nachricht über ihre Entdeckung zu.

„Glückwunsch! Das feiern wir später!“ rief Nico zurück.

Der zweite Durchgang, tiefer in der Grotte gelegen und weiter entfernt sowohl vom Eingang als auch vom Altar, erwies sich als noch enger. Alle drei mussten sie auf Händen und Füßen kriechen. Das machte das Vermessen des Hohlraums noch viel schwieriger und vor allem langwieriger. Lia schob das Klemmbrett einfach vor sich her. Der Gang führte immer tiefer in die Erde hinein. Dann begannen die Wände, sich um sie herum zu schließen.

„Hier wird's verdammt eng“, vernahm sie Marco's Stimme von vorne. „Ich probiere, ob ich durchkomme. Wenn ich es schaffe, kommt ihr nach. Ansonsten müsst ihr mich an den Füßen wieder herausziehen.“

Lia konnte nicht sehen, wie Marco sich durch den Spalt hindurchzwängte; Alessandra versperrte ihr in dem engen Gang die Sicht. Aber es schien zu klappen. Nach wenigen Minuten, die Lia wie eine halbe Ewigkeit vorkamen, hörte sie Marcos gedämpfte Stimme sagen: „Alles klar, hier wird es wieder breiter. Jetzt du, Alessandra."

Alessandra schaffte es schneller als Marco, durch die Passage zu kriechen. Eine Minute lang sah Lia nur ihre schiebenden Füße vor sich, dann wurden diese auch durch das Loch gezogen. „Jetzt bist du dran, Lia", sagte sie. „Mit den Armen zuerst."

Lia streckte die Arme nach vorn und folgte dann mit dem Kopf durch die enge Passage. Die Taschenlampe hielt sie in der Hand. Auf der anderen Seite nahm Alessandra die Lampe und das Klemmbrett entgegen, damit Lia die Hände frei hatte. Sie fühlte, dass sie nur ein paar Zentimeter Spielraum auf jeder Seite hatte, aber die Decke wurde immer noch niedriger. Lia konnte fühlen, wie ihr Rücken an die Höhlendecke rieb. Panik kam in ihr auf. Sie fühlte Schweißperlen über ihre Stirn laufen. Sie steckte jetzt mitten im Loch und konnte nur noch mit den Füßen schieben und mit den Armen vor dem Kopf versuchen, sich weiter zu ziehen. Beunruhigt versuchte sie, ob sie auch wieder zurückkommen könnte und schob sich wieder ein wenig rückwärts. Es war kein Problem. Eigentlich logisch, wenn Marco da durchgekommen war, musste sie es auch schaffen. Aber er war ein erfahrener Höhlenforscher, Lia nicht.

„Ich kann dich ein bisschen ziehen, wenn du möchtest", bot Alessandra ihr an. „Aber hilf mit den Füßen nach."

„Ja, bitte!", ächzte Lia.

Alessandra zog. Und Lia war auf der anderen Seite. „Meine Güte, Himmel, war das eng! Wie ist Marco da nur durchgekommen?", fragte sie.

„Langsam und systematisch. Alles eine Frage der Übung“, antwortete er.

Vor ihnen wurde der Tunnel breiter. Sie nahmen die notwendigen Messdaten auf. Als sie mit ihren Stirnlampen tiefer hineinleuchteten, stellten sie fest, dass sie vor einer Tunnelgabelung standen. „Und nun?“, fragte Lia.

„Ausprobieren. Meinetwegen mit einem Abzählreim“, erklärte Alessandra. „Wichtig ist nur, dass man, wenn man einen Weg ausgewählt hat, zurückschaut, um sich zu merken, wie es aussieht, wenn man zurückkommt. Es sieht von der anderen Seite immer anders aus, besonders bei der punktuellen Beleuchtung. Also, links oder rechts?“

Lia musste an das Ritual der Santa Monica denken, das Zia Jann mit diesem aufgeblasenen Geschäftsmann durchgeführt hatte. Wenn es für Richtungsentscheidungen im übertragenen Sinne galt, konnte es doch auch für echte Wegkreuzungen klappen. Wie war das doch gleich? Man muss sich auf die kleinsten Sinneswahrnehmungen konzentrieren, dann findet das Unterbewusstsein schon den richtigen Weg. Lia schloss die Augen und horchte aufmerksam. Nichts. Wie denn auch? Auf gut Glück sagte sie dennoch: „Nehmen wir den linken Weg.“

„Meinetwegen.“ Marco ging geduckt voraus. Nach etwa zehn Minuten, in denen sie mit vielen Unterbrechungen nur langsam vorwärts gekommen waren, standen sie vor einer massiven Felswand. Der Tunnel war hier zu Ende.

„Rückzug!“, forderte Marco sie auf. „Aber auf dem Rückweg leuchten wir sorgfältig die Felswände ab, ob wir auch nichts übersehen haben.“ Sie hatten nichts übersehen. Die Passage war leer und eine Sackgasse.

„Na toll! Das war wohl nichts mit Santa Monica", dachte Lia. „Das funktioniert auch nur, wenn man daran glaubt und eigentlich sowieso schon weiß, wo man hin will."

Sie kehrten zurück zur Weggabelung und nahmen den anderen Gang. Der erste Teil war etwas niedriger als der vorherige, so dass sie wieder auf allen Vieren kriechen mussten. Mittlerweile schmerzten Lias Knie und ihr Rücken. Alessandra und Marco ließen sich keine Müdigkeit anmerken und waren bester Dinge. Langsam wurde die Decke wieder höher und sie konnten sich wieder geduckt auf ihre Füße stellen. Auf einmal wurde die Decke so hoch, dass sie kaum noch sichtbar war. Sie standen auf dem Boden einer recht engen, aber hohen Felsspalte. Sie ging nicht bis zur Oberfläche, so dass es stockdunkel blieb. Aber das drückende Gefühl, fand Lia, war verschwunden. Der Tunnel endete in diesem Schacht.

„Faszinierend", murmelte Marco. Sie leuchteten mit ihren Stirnlampen die Felsspalte aus. „Das geht mindestens 15 Meter nach oben!"

„Wahnsinn!", stimmte Alessandra ihm zu. „Und wir sind die ersten, die das dokumentieren." Der Lichtkreis aus ihrer Stirnlampe ließ dünne Linien roter Farbe auf der Steilwand aufleuchten. „Was ist denn das?", fragte sie aufgeregt.

„Was?", fragten die beiden anderen unisono.

„Da ist etwas auf die Wand gemalt, seht mal!" Alessandra leuchtete genau auf die Stelle, etwa einen halben Meter über dem Boden, neben einem vertikalen Riss im Felsen. „Irgendein Symbol. Ein Kreis mit einem Dreieck darin. Und daneben zwei Palmen. Komisch. Irgendeine Idee? Lia? Du bist hier am ehesten die Expertin."

„Ich? Keine Ahnung. Das Dreieck ist das Symbol der Dreifaltigkeit. Bei den alten Griechen auch der Vollkommenheit. Der Kreis eigentlich auch: Vollkommenheit und Unendlichkeit. Beides zusammen sagt mir nichts. Und bei der Palme fällt mir eigentlich nur der Baum des Lebens ein. Unendliches Leben vielleicht? Oder vollkommene Natur, oder auch sonst etwas. Das müsste ich nachschlagen; im Augenblick kann ich nur raten."

Marco leuchtete den Riss im Felsen von oben nach unten ab. „Seht mal her! Der Spalt geht nach unten weiter. Da ist eine Öffnung; der Gang ist noch nicht zu Ende. Lass mich mal durch, danke!" Marco quetschte sich an Alessandra vorbei zum Spalt in der Wand und der darunterliegenden schmalen Öffnung. Er leuchtete hinein und nickte befriedigt. Dann begann er, hinein zu klettern.

„Da willst du doch nicht einfach durch!", rief Lia aus.

„Keine Sorge!", entgegnete er. „Ich habe von oben den Boden erkennen können. Kann gar nicht so tief sein." Er war bald bis zu den Hüften im Loch verschwunden. Langsam schob er sich hinab, bis nur noch der Kopf und die Hände, die sich an den Felsen am Rand der Öffnung festhielten, herausragten. Dann verschwanden auch der Kopf und schließlich die Hände. Lia und Alessandra hörten einen kurzen, dumpfen Aufprall, der glücklicherweise nicht von Schmerzensschreien gefolgt wurde. „Alles in Ordnung?", rief Alessandra.

„Alles in Ordnung! Leuchtet mal hier runter!"

Sie folgten der Aufforderung. Alessandra kauerte sich flach auf den Bauch und steckte den Kopf in das Loch. „Wie sieht's da unten aus?"

„Hier ist eine Art Kammer, nur etwas höher als zwei Meter und genauso lang, aber schmaler. Reich mir mal bitte das Maßband! He, was ist das denn?"

„Was hast du?“

„Unter dem Schotter hier liegt was. Moment!“ Sie hörten ein wischendes Geräusch, dann ein Pusten. „Eine Kiste! Hier liegt eine Kiste!“ Marcos Stimme überschlug sich vor Aufregung.

„Wie sieht sie aus?“ Lia war jetzt wieder voll dabei.

„Metallbeschlagen. Massiv. Staubig.“ Und nach einem kurzen Augenblick: „Unbeschädigt und stabil. Mensch, die wiegt aber!“ Marco ächzte, als seine Hände über seinem Kopf eine vielleicht 30 mal 40 cm große und ebenso hohe Kiste durch das Loch stemmten. „Hier, nehmt die bitte schnell!“ Sie nahmen die Kiste und stellten sie in der Mitte des Schachts, in dem sie standen, auf den Boden. Sie musste tatsächlich alt sein. Es handelte sich um eine Kiste aus dunklem, schwerem Holz, die mit breiten Metallstreifen beschlagen war. Dicke Nieten hielten das Metall an Ort und Stelle. Auf dem Metallband in der Mitte des flachen Kistendeckels waren die gleichen Zeichen eingestanzt, die auch auf die Felswand gemalt worden waren. Der Deckel verfügte über einen Haken, der in einer Öse auf einer der Breitseiten der Kiste festgemacht war. Der Haken ließ sich leicht lösen und der Deckel ließ sich ohne nennenswerten Widerstand aufklappen. Die drei hielten den Atem an. Bücher, es lagen Bücher darin. Alte Bücher. Drei Stück.

ز

JABIR IBN HAYYAN - DAS BUCH DES KÖNIGTUMS

Hier beginnt die Abhandlung des Jabir, die er für seinen Sohn verfasst hat und sie trägt den Titel 'Buch des Königtums', denn es verspricht ein Königreich. Wir haben dieses Buch unter allen anderen ausgewählt, denn es beschreibt das große Werk, das nützlicher ist als alle anderen Werke. Dieses Werk vollendet zwei Steine in zwanzig Tagen. Und dieses Werk gebraucht weder Destillation, noch Auflösung oder Verbindung.

Wisse, dass Wasser, Öl und Feuer, wenn sie miteinander gemischt werden, so lange und vollständig vermischt werden, bis die Mischung rot wird und von selbst erstarrt. Und dann sollte das Ganze genau wie rote Perlen aussehen.

Wir haben in den 'Siebzig Büchern' und in anderen Büchern von den Steinen geschrieben, die dem Körper nahe sind, und von denjenigen, die ihm fern sind, aber in keinem meiner Bücher habe ich geschrieben, was ich hier schreiben werde. Ich habe über das Equilibrium in einem meiner Bücher geschrieben, aber ich habe es nicht auf eine Weise beschrieben, mit deren Hilfe jeder den Stein finden könnte.

Du musst wissen, Sohn, dass es der größeren Gleichgewichte drei gibt. Und die einfachen Gleichgewichte sind zwei an der Zahl - Wasser und Feuer -

und hier werde ich aufzeigen, wie das letztere Werk durchgeführt wird.

Beachte, dass das Equilibrium des Wassers nicht sehr wichtig ist, und doch ist es wunderbar, dass die Gesamtheit des Werks auf ihm beruht. Und wenn du dieses Buch und meine anderen Bücher liest, wisse, dass ich wahrhaftig darin bin, wie viel ich dir mit diesem Werk vermache. Wisse auch, dass das Equilibrium des Wassers daher erwähnt wurde, weil es die Differenzen der Gleichgewichte offener zeigt als diejenigen anderer Substanzen. Aus diesem Grund ist das Equilibrium des Wassers wichtiger als das Equilibrium des Feuers in Bezug auf das Equilibrium des Wassers. Und es kann passieren, dass das Equilibrium des Feuers so vollständig vergeht, wie es im magischen Werk nur sein kann. Es ist nicht wahr, dass das Werk dieses alleine bewerkstelligen kann. Wenn das Equilibrium des Feuers und das Equilibrium des Wassers miteinander verbunden sind, kann es passieren, dass das, was wir suchen, produziert wird, es sei denn, es ist ein Fehler in unserer Lehre aufgetreten. Diese Dinge scheinen dem zu widersprechen, was ich im Buch der Gleichgewichte gesagt habe. Aber das Werk wird in nur einem Augenblicke vollendet.

Die Wirksamkeit dieses Werkes besteht darin, den Stein von seinen Ölen und von anderen Verunreinigungen zu trennen, die seine Wirksamkeit und Kraft verringern, aufgrund jener Schwachheiten, die der Stein hat. Die langen Bearbeitungszeiten sind notwendig. Wenn der Stein gereinigt und pur wäre, würde er sich verfärben und diese Werke selbst ausführen; daher ist zu bemerken, dass wir den Stein zusammen mit Quecksilber aus dem Stein selbst zermahlen. So wird eine schwache Mischung daraus bereitet und anschließend mit Wasser vermengt. Und, im Glauben an meinen Meister Ja'far ibn Muhammad al-Sadiq, wiederum, über das Wasser hinaus, mit Öl.

Öl - das haben wir in den 'Siebzig Büchern' als 'Heiler des Meeres' bezeichnet, und dort haben wir gesagt, wie man in den Besitz dieser Heilkraft gelangen kann. Deshalb, wenn du Öl auf dem Wasser siehst, so weiß und schön wie möglich, extrahier es. Dann sammle es, und wenn es zusammengebracht wird - sei es auch nur wenig - wird es das Werk, das du zu tun gedenkst, vervollkommnen. Es wird von selbst erstarren und es wird rot werden oder schwarz in der Farbe des Pfeffers, zumeist ein dunkles Rot. Wenn es auf der Außenseite rot ist, weißt du, dass es innen weiß ist. Wenn es so geworden ist, verdünne es in tausend mal tausend und zweihunderttausend Anteilen, wie bereits gesagt wurde. Das ist kein verborgenes Wissen, sondern - bei Gott - so, wie es überliefert ist. Und dieses Werk braucht mindestens siebzig Jahre, wie ich es in anderen Büchern geschrieben habe, aber man kann es auch in zwanzig Tagen oder auch in einem Augenblick ausführen, wenn man die richtigen Dinge zusammenführt und gut vorbereitet ist. Und kein weiser Mann wird das Werk in so kurzer Zeit ausführen, wie ich schon sagte. Aber ich lehre dich die Dauer von zwanzig Tagen. Dennoch haben einige mit ihren Elixieren Wege und Mittel beschrieben, einen Stein wie den unseren zu erschaffen, aber in der Tat war nicht so viel Macht in ihnen. Und sie haben diese Steine mit einem solchen Namen benannt, der denjenigen ähnlich ist, von dem hier die Rede ist. Und sie haben ihn auch "Zerstörender Blitz" und "Schneebedeckte Pupille des Auges" und "Das, was unterwirft und unterworfen wird" genannt. Und sicherlich kannst und musst du von diesen Dingen, die ich sage, großen Nutzen ziehen und die Wahrheit finden. Viele haben diesen Effekt durch Zufall erfahren, konnten ihn dann aber nicht reproduzieren, weil er auf Zufall und nicht auf der Kunst der Alchemie beruhte.

XV

„Gibberish!“ Nicos Urteil über den Text war deutlich. Drei Wochen waren seit ihrer Entdeckung in der Grotte vergangen. Sie hatten etwas Ärger bekommen, weil sie die Kiste aus dem Loch gehoben hatten, anstatt als Erstes die Archäologen der *Sopraintendenza* anzurufen. Es war aber nicht allzu schlimm ausgefallen, weil sie ja über den Verein eine Genehmigung für ihre Expedition besaßen und weil sie unmittelbar, nachdem ihnen klar war, was sie da gefunden hatten, die Antikenbehörde informiert und ihren Fund übergeben hatten. Nun saßen Lia, Alessandra, Zia Jann, Nico, Marco und Salim um einen Tisch herum, auf dem einige Auszüge aus den Büchern, die sie entdeckt hatten, in einer erster Übersetzung ins Italienische vorlagen. Gerade hatte Alessandra laut den Abschnitt aus Gebers *Liber Regni*, das Buch des Königreiches, vorgelesen. Dieses Werk hatte bisher im arabischen Original nur in Fragmenten vorgelegen; in mehreren Kopien überliefert war eine jüngere lateinische Übersetzung. Die Version, die sie gefunden hatten, war eine zweisprachige, arabisch-griechische Ausgabe, die Historikern, die zu diesem Thema forschten, viele neue Hinweise geben konnten und bestimmt auch den ein oder anderen Esoteriker nicht kaltlassen würden. Schließlich beschrieb es unmissverständlich die Herstellung eines Steins der Weisen. Lia und die anderen wussten mittlerweile, dass die Anleitung wahrscheinlich nicht wörtlich gemeint war. Die Mystiker des Islam verstanden die Alchimie als einen transformativen Prozess der Psyche und nicht als eine faktische Suche nach Gold und Macht.

Das *Liber Regni* alleine wäre bereits eine Sensation gewesen, aber es kam noch besser. Bei dem dünnsten der Bücher, einer arabische Handschrift, handelte es sich um eine Autobiographie Sawdans, des letzten Emirs von Bari. Darin beschreibt er Fakten, die zum Teil bereits aus anderen Quellen bekannt waren, beleuchtet das Vorgefallene allerdings aus einer anderen Perspektive. Sein Satz *„Möge Gott in Zukunft die Vernichtung von Büchern verhindern!"* war leider ein frommer Wunsch geblieben. Lia war fest entschlossen, sich die Erforschung und Publikation dieses Prachtmanuskripts und seiner historischen Umstände nicht entgehen zu lassen. Sie plante bereits ihr eigenes kleines Forschungsprojekt und schrieb die entsprechenden Anträge; mit einem passenden Betreuer könnte sie sogar eine Doktorarbeit daraus machen. Salim würde ihr bei der Übersetzung und mit den arabischen Quellen helfen. Denn ja, sie hatte Salim endlich angerufen und er hatte sich wahnsinnig über ihren Anruf gefreut. Auch er hatte überlegt, Lia zu kontaktieren, hatte es aber nicht gewagt. So waren sie zusammen aus essen gegangen, hatten sich regelmäßig getroffen und waren sich langsam näher gekommen.

Die größte Sensation war jedoch das dritte Buch gewesen, ein dicker Schinken von erheblichem Umfang und Gewicht. Es handelte sich dabei um die zweisprachige Ausgabe des berühmten und in der Renaissance immer wieder neu heraus-gegebenen alchemistischen Buches *Summa perfectionis magisterii*, und zwar ebenfalls in einer zweisprachigen, arabisch-griechischen Ausgabe, noch vor dem 10. Jahrhundert verfasst. Damit war bewiesen worden, dass Jabir ibn Hayyan, beziehungsweise Geber, tatsächlich der Autor dieses Werkes war und Paul von Tarent das Buch nur übersetzt hatte – wenn auch vielleicht ein wenig frei und mit den einen oder anderen Einfügungen versehen. Das war nun wirklich eine Sensation und würde noch unzählige Historiker und Philologen beschäftigen! Mehrere international renommierte Forschungsinstitutionen hatten bereits Interesse an einer Untersuchung der Manuskripte angemeldet, darunter auch Forschungsinstitute aus den arabischen Golfstaaten, die dafür nicht unerhebliche Geldsummen zu Forschungszwecken in Aussicht stellten. Unklar blieb, wie Paul von Tarent an die verloren geglaubte Schrift gekommen war, denn das Buch, das nun zusammen mit den anderen beiden gut gesichert in einem Safe der Universität Bari lag, hatte tatsächlich seit dem 9. Jahrhundert ungestört in der Höhle gelegen. Lia sah das Haus der Weisheit in Lucera immer noch als einen heißen Kandidaten für die Quelle des Franziskanermönches an, aber das musste wohl Spekulation bleiben.

Das also war der verlorene Schatz der *giacomini*: orientalisches Wissen, überliefert durch einen arabischen Gelehrten und vor Intoleranz und Zerstörungswut versteckt durch einen orthodoxen Mönch.

Lia hatte in der Zwischenzeit auch die Symbole nachgeschlagen, denen sie im Versteck der Bücherkiste begegnet waren: dem Kreis mit einem gleichseitigen Dreieck darin, flankiert von zwei Palmen. Das Dreieck war in der Tat das Symbol der Dreieinigkeit Gottes, aber auch das der dreifältigen und somit vollkommenen Natur des Universums. Schon die alten Griechen verstanden das gleichseitige Dreieck als ein Symbol der Vollkommenheit. In gleicher Weise galt das auch für den Kreis, auch er galt als vollkommen und überdies als unendlich. In Kombination mit einem Viereck ergaben die Zeichen zusammen das

Symbol für den Stein der Weisen, wie er noch Jahrhunderte später von den Alchemisten der Renaissance benutzt wurde. Die Palmen daneben symbolisierten Weisheit und spirituelle Erneuerung.

Zia Jann war froh, zu einer Entdeckung beigetragen zu haben, ohne dass einer von ihnen davon direkt materiell profitierte. Geld verdürbe den Charakter, wie sie nicht müde wurde zu betonen. Mit großer Genugtuung sah sie das wissenschaftliche Interesse, das Lia und Alessandra dem Fund entgegenbrachten. Und mit noch viel größerer Genugtuung sah sie, wie Lia und Salim miteinander harmonierten. Sie hatte sogar – zu Lias Missfallen – das Eiweißritual durchgeführt, um mehr über die Chancen ihrer Beziehung zu erfahren. Lia vermutete allerdings, dass Zia Jann versucht hatte, sie auf diese Weise zum Reden bringen, was ihr aber nicht sonderlich gut gelungen war.

Alessandra war völlig fasziniert von den sensationellen Manuskripten, an deren Entdeckung sie beteiligt war. Sie würde noch auf vielen Antiquariatsmessen und -kongressen Vorträge halten, was ihrer beruflichen Zukunft sicher nicht schaden würde. Sie und Nico würden wahrscheinlich nächstes Jahr heiraten. Sie träumten davon, ihre Berufe miteinander zu kombinieren und sich selbständig zu machen, zum Beispiel mit einer antiquarischen Weinbar mit Lesungen, Vorträgen und Weinproben.

Lia würde vorerst in Italien bleiben, bei Salim und bei den Manuskripten in der Universität. Salim war ein aufmerksamer Zuhörer, konnte aber auch interessant erzählen und hatte Humor. Sie mochte seine Schüchternheit, seine strikt ethischen politischen Ansichten und seine schönen Hände. Lia war sich zwar immer noch nicht sicher, ob sich aus ihrer Beziehung eine dauerhafte Partnerschaft ergeben würde, aber zum ersten Mal seit langer Zeit zog sie zumindest die Möglichkeit in Betracht und ließ die Zukunft mit Zuversicht auf sich zukommen. Das war doch schon mal ein Anfang! Auch beruflich machte sie sich weniger Sorgen. Lia fand, dass sie ihren Weg, ihren eigenen Stein der Weisen gefunden hatte, sie musste lediglich weise von ihm Gebrauch machen.

NACHWORT

Dies ist ein Roman und kein Sachbuch. Trotzdem beruht ein großer Teil der historischen Handlung auf Fakten. Die meisten der beschriebenen historischen Personen haben tatsächlich gelebt und sie haben tatsächlich die erwähnten Schriften verfasst. Bei der Verknüpfung der erwähnten Begebenheiten und Personen habe ich mir einige Freiheiten erlaubt. Wo in der Geschichtsschreibung Lücken klaffen, habe ich mir erlaubt, diese ein wenig zu füllen. Tatsächlich ist über die Stadt Bari in der Zeit des Emirats ziemlich wenig bekannt. Wo unter Historikern Uneinigkeit herrscht, habe ich mich für die Variante entschieden, die am besten zur Handlung dieses Buches passt – ich bitte, dies zu entschuldigen. Um ein wenig Klarheit zu schaffen, wo die Historie aufhört und die Fiktion anfängt, habe ich beschlossen, ein kurzes Verzeichnis anzufügen, in dem kurz beschrieben wird, was über die wichtigsten historischen Personen, Orte, Gruppierungen und Schriften bekannt ist und wo die Lehrmeinungen auseinander gehen oder schlicht völlige Unklarheit herrscht.

GLOSSAR UND VERZEICHNIS HISTORISCHER PERSONEN

Aaron ben Samuel ha-Nasi ist auch unter dem Namen **Abu Aaron** bekannt. Die in der Mitte des 11. Jahrhunderts verfassten Chronik von Ahimaaz berichtet über den aus Babylon stammenden jüdischen Gelehrten Abu Aaron, der im 9. Jahrhundert, nach einem Zerwürfnis mit seinem Vater, nach Italien ging, um dort als Rechtsgelehrter und Mystiker zu lehren. Die Chronik erwähnt seine Freundschaft mit dem Emir von Bari und dessen Versuch, Abu Aaron von seiner Rückkehr in die Heimat abzuhalten.

Adelchis (gestorben 878) war der Fürst von Benevent, Sohn des Radelchis, und wiederholter Widersacher Ludwigs II. Er sprach sich für die Begnadigung Sawdans nach der Eroberung Baris aus und ließ ihn, zunächst als Gefangenen, später als engen Berater, bei sich am Hof leben. Als Grund dafür gilt Dankbarkeit für die gute Behandlung seiner Tochter Ageltrude durch Sawdan, als diese als Geisel am Hof zu Bari lebte. Auch nahm er tatsächlich Kaiser Ludwig II und dessen Gemahlin an seinem Fürstenhof in Benevent gefangen.

Ageltrude (gestorben 923), die Tochter des Adelchis, Fürst von Benevent, verbrachte einige Jahre als Geisel am Hof des Emirs von

Bari. Später heiratete sie Guido III von Spoleto, wodurch sie Königin von Italien und sogar Kaiserin wurde. Nach dem frühen Tod ihres Gatten regierte sie für ihren minderjährigen Sohn. Dabei war sie so tief in italienische und vatikanische Machtpolitik verstrickt, dass sie als die Drahtzieherin der sogenannten Kadaversynode gilt, in der dem bereits seit Monaten toten Papst Formosus in makabrer Weise der Prozess gemacht wurde.

Ahmad ibn al-Tayyib al-Sarachsi war ein persischer Autor, Philosoph und Reisender des 9. Jahrhunderts, von dem Beschreibungen über die Sabier von Harran stammen. Er hatte sich in einigen seiner Schriften mit spitzer Zunge über die Heuchelei religiöser Propheten lustig gemacht und wurde dafür angeblich vom Kalifen al-Mutadit zum Tode verurteilt. Seine Flucht nach Italien ist reine Fiktion.

Assad ibn al-Furat al-Harrani (geboren 759 in Harran, gestorben 828 auf Sizilien) war der Anführer der arabischen Eroberer Marsalas auf Sizilien. Assads überlieferte Lebensgeschichte war das Vorbild für die erfundene Biographie Sawdans, von dem sehr viel weniger bekannt ist. Assad stammte aus Harran, von wo aus er mit seinem Vater nach Kairouan ging, wo er später als Rechtsgelehrter tätig war. Um den unbequemen Gelehrten zum Schweigen zu bringen, wurde er vom Emir von Ifriqiya auf einen Eroberungsfeldzug nach Sizilien geschickt, wo er mit den ihm zugeteilten Truppen die Stadt Marsala eroberte. Kurz darauf starb Assad auf Sizilien an der Pest.

Basileios I war von 867 bis 886 Kaiser von Byzanz, nachdem er seinen Vorgänger ermordet hatte. Unter seiner Herrschaft festigte sich der byzantinische Einflussbereich in Italien. Nach erfolglosen Verhandlungen über die Hochzeit seines Sohnes mit der Tochter Ludwig II überwarf er sich mit letzterem und weigerte sich, dessen Kaiserwürde anzuerkennen.

Basilianer: In Süditalien siedelten sich ab dem 6., hauptsächlich aber ab dem 8. Jahrhundert zahlreiche griechische Mönche als Eremiten oder in kleinen klosterartigen Gemeinschaften an. Inwiefern die Flucht vor der Verfolgung durch radikale Ikonoklasten während des byzantinischen Bilderstreits im 8. und 9. Jahrhundert bei der Migration der Mönche nach Italien ausschlaggebend war, ist umstritten. Sie wurden nach dem Regelwerk des heiligen Basilius des Großen als Basilianer bezeichnet. Die frühmittelalterlichen Basilianer sind nicht mit den heutigen katholischen Basilianerorden identisch.

Bibliothek, erzbischöfliche von Tarent: Die von mir beschriebene erzbischöfliche Bibliothek von Tarent gibt es in der Form leider nicht. Ich habe mich von der Biblioteca Girolamini in Neapel inspirieren lassen, die wirklich spektakulär ist.

Bienenkorbhäuser: Der Ursprung der Trullobauweise ist unklar. Es wird oft behauptet, dass sie in einem von den Grafen von Acquaviva erlassenen Steuergesetz des 17. Jahrhunderts liegt, die die Grafschaft Conversano (zu der damals Alberobello gehörte) seit 1481 beherrschten. Dieser Tradition nach wurde neuen Siedlern in der Grafschaft die Trockenbauweise mit Kegeldächern aufgezwungen, damit ihre Häuser schnell zerlegt werden konnten, um so die Besteuerung durch das Königreich Neapel zu vermeiden. Die *Pragmatica de Baronibus*, das Gesetz der aragonesischen Könige von Neapel, verbot den Bau von städtischen Siedlungen ohne die Erlaubnis des Königs und belegte bestehende Siedlungen mit hohen Abgaben. Es ist ein Fall belegt, in dem eine Ansammlung von Trulli im Jahre 1644 aus Steuergründen demoliert wurde. Allerdings handelt es sich offenbar um einen isolierten Vorfall, der zudem auf das Gebiet von Alberobello beschränkt ist, die einzige städtische Umgebung, in der diese sonst ländliche Architektur gefunden wird. Eine bloße Steuerhinterziehung kann demnach die breite Verteilung der Trulli in der Murgia und im Salento nicht erklären. Es gibt keine archäologischen oder historischen Aufzeichnungen, die die Existenz von Trulli in Apulien vor dem 17. Jahrhundert beweisen, allerdings wurde nicht gezielt danach geforscht. Die Ausbreitung der Trullo-Architektur trat vermutlich im Verlauf eines Niedergangs der bedeutenden feudalen Stände auf, gefolgt von der Ausbreitung von Siedlungen in den bisher bewaldeten Gebieten.

Einige Forscher sehen den Ursprung der Bienkorbbausweise in Apulien im Nahen Osten und beziehen sich auf die aus Lehmziegeln errichteten Bienenkorbhäuser in Harran, der Bibel nach der

Geburtsort Abrahams. Diese Häuser sind der Form nach ähnlich und gehen wahrscheinlich auf weit ältere Vorgängerbauten zurück. Andere Bauforscher weisen auf die bronzezeitlichen *thòloi* in Griechenland hin, beeindruckende gewölbte Steinbauten, die als Gräber dienten. Das Wort *thòlos* bedeutet einfach Kuppel, ebenso wie das ebenfalls griechische Wort *troùlos*. Andere prähistorische Beispiele Südeuropas sind die *nuraghe* in Sardinien und die *bories* in der Provence in Südfrankreich. Letztere haben ihren Ursprung erst im 18. Jahrhundert.

Es ist nicht unvorstellbar, dass mittelalterliche Reisende oder Kreuzfahrer, die aus dem Nahen Osten zurückkehrten und im Hafen von Brindisi an Land gingen, die Idee der Bienenstockhäuser nach Italien brachten. Dafür spricht die Architektur einiger Kirchen aus dem 10. bis 12. Jahrhundert in der Region, die die Konstruktion der Kragkuppeln der Trulli vorwegnimmt. Dazu gehören beispielsweise San Bartolomeo di Padula bei Castellana Grotte, San Pietro lo Petraro (genannt Tempietto di Seppannibale) bei Monopoli, San Eustachio in Giovinazzo bei Bari oder San Apollinare in Rutigliano. Auf der anderen Seite neige ich dazu, stark diffusionistische Erklärungsansätze grundsätzlich kritisch zu sehen. In einem ähnlichen Klima, trocken und heiß im Sommer, ohne ausreichend geeignetes Bauholz, können Menschen zu ähnlichen Lösungen kommen, um dem Wetter zu trotzen.

Das führt zur Frage nach der Funktion der Gebäude. *Form follows function*. Die Trulli waren in erster Linie Sommerhütten und Lager für die Bauern, Orte, an denen Wein hergestellt und Öl gelagert wurde. Die Bienenkorbhäuser in Harran waren dagegen bewohnt.

Die *thòloi*, auf der anderen Seite, sind Grabbauten. Die sardische *nuraghe* wiederum sind ein weiteres Rätsel: die verbreitetste Theorie ist, dass sie eine Art befestigter Bauernhof darstellten, vermutlich mit Getreidespeicher verbunden, vielleicht gemeinschaftlich, vermutlich aber eher feudal.

Zusammenfassend können wir nicht sagen, seit wann Trulli in Apulien gebaut wurde. Es gab ähnliche Bauweisen in verschiedenen Regionen des Mittelmeerraums, aber sie erfüllten unterschiedliche Zwecke. Eine unabhängige Entwicklung der Trullobauweise ist daher möglich. Die Verbindung mit ähnlichen architektonischen Traditionen innerhalb des Mittelmeerraums würde in hohem Maße von der Datierung des Beginns dieser Bauweise in Apulien abhängen.

Bohemund I von Tarent und Antiochien wurde in der Mitte des 11. Jahrhunderts geboren und starb im Jahr 1111. Von normannischer Abstammung, erbte er zunächst das Fürstentum von Tarent, beteiligte sich dann als Anführer am ersten Kreuzzug und wurde nach der Eroberung der Stadt Antiochia zu dessen Fürsten ausgerufen. Das Fürstentum Antiochien umfasste den Nordwesten Syriens und einen kleinen Teil der heutigen Türkei. Anschließend versuchte er erfolglos, die Stadt Harran zu erobern, kehrte nach Italien zurück, um ein neues Heer aufzustellen, heiratete die Tochter des französischen Königs, Konstanze, deren Ehe mit dem Templer Hugo von Champagne kurz davor annulliert worden war, und starb wenige Jahre darauf in Apulien, ohne nach Syrien zurückgekehrt zu sein.

Bohemund I wurde in Canosa in einer Grabkapelle bestattet, die orientalische Vorbilder nachahmt, die aber durch großzügige Renovierungsarbeiten im 19. Jahrhundert in ihrem Aussehen verändert wurde. Sein Sohn Bohemund II erbte noch im Kleinkindalter beide Fürstentümer, starb aber 1130 noch jung bei einer Schlacht in Kilikien. Sein einbalsamierter Kopf wurde dem abbasidischen Kalifen zugeschickt.

Bruderschaft der Reinheit: Die Bruderschaft der Reinheit, arabisch Ichwan as-Safa, ist zuerst im 10. Jahrhundert in Basra im heutigen Südirak belegt, manche Autoren vermuten allerdings ihren Ursprung im 9. oder sogar 8. Jahrhundert. Es handelte sich um eine Geheimgesellschaft von Gelehrten, die ihr Wissen in der Enzyklopädie der Bruderschaft der Reinheit festhielten. Diese Enzyklopädie handelt in 52 Abhandlungen alle damals angesehenen Wissenschaften ab: Mathematik, Astronomie, Musik, Naturwissenschaften, Physik, Logik, Musik, Ethik, Philosophie und Religion, Fest steht, dass sich die Bruderschaft in der Tradition der Sabier von Harran stehend sah und dass religiöse Toleranz und Verständigung zu ihren Grundprinzipien gehörten. Die Mitglieder waren – je nach Altersgruppe und vermutlich auch durch Initiation – in vier Grade aufgeteilt.

Chalfun (meist Khalfun geschrieben) führte die muslimischen Söldnertruppen an, die 847 Bari eroberten und war der erste Emir von Bari. Er war wahrscheinlich nordafrikanischen Ursprungs und hatte zuvor in Sizilien gelebt. Viel ist nicht über ihn bekannt. Nach seinem Tod im Jahr 852 erbte Mufarrag ibn Sallam den Thron des Emirs.

Emirat von Bari: Das Emirat von Bari bestand von 847 bis 871. In dieser Zeit wurde es von drei Emiren regiert, Chalfun, Mufarrag und Sawdan. Zeitgenössische Berichte legen nahe, dass die Stadt, die zuvor im Schatten Brindisis und Egnazias gestanden hatte, unter arabischer Herrschaft als Handelsmetropole aufblühte. Zahlreiche monumentale Bauwerke sollen in dieser Zeit errichtet worden sein, von denen keine Spur erhalten ist.

Erchempert ist der Verfasser der ziemlich parteiischen *Historia Langobardorum Beneventi Degentium*, der Chronik der langobardischen Fürsten von Benevent. Er war Mönch im Kloster von Montecassino und starb wahrscheinlich um das Jahr 890. Über Sawdan verliert er tatsächlich – gelinde gesagt – kein gutes Wort und auch das Wortspiel mit dem Ausdruck 'Satan' stammt wohl von ihm. Diese Einschätzung Sawdans durch Erchempert hat sich trotz anderslautender zeitgenössischer Beschreibungen bis in die moderne Geschichtsschreibung fortgesetzt.

Franz von Assisi: Neuere franziskanische Forschungen weisen tatsächlich auf eine tiefe Verbundenheit, wenn nicht gar Freundschaft, hin, die den Gründer des Franziskanerordens mit dem Sultan al-Malik al-Kamil verband. So soll Franz von Assisi durch Syrien und nach Ägypten gereist sein, um als Vermittler zwischen den Religionen zu fungieren und unnötiges Blutvergießen zu vermeiden (und keinesfalls – wie in der gängigen Heiligenvita beschrieben, um den Märtyrertod zu suchen). Unnötig zu erwähnen, dass er damit bei den Kreuzfahrern auf wenig Verständnis stieß. Auf diese Version der Geschichte wurde ich bei der Lektüre von Navid Kermanis Buch „Ungläubiges Staunen: Über das Christentum“ aufmerksam, das 2016 erschienen ist.

Geber: siehe Jabir ibn Hayyan

Ida di Benevento: extrem selten aufgeführte Oper (Premiere 1855, eine weitere Aufführung 1936) des eher unbekannten Komponisten Nicola Ferri (1831-1886). Das Libretto stammt von Francesco Rubino. In der Oper geht es um die Gefangenschaft der Ageltrude (hier Ida genannt) von Benevent als Geisel am Hof des Emirs von Bari.

Ifriqiya: Emirat im Norden Afrikas, etwa im Bereich des heutigen Tunesiens. Zunächst war Kairouan die Hauptstadt Ifriqiyas, ab dem 13. Jahrhundert wurde es dann Tunis.

Jabir ibn Hayyan (geboren um 720, gestorben um 815) war ein Universalgelehrter, Naturwissenschaftler, Philosoph und Alchemist. Er wird manchmal als Vater der Chemie bezeichnet, aber auch als Vater des Katers, da er die Destillation erfunden haben soll. Letzteres ist allerdings strittig. Jabir, im mittelalterlichen Europa als Geber bezeichnet, stammte aus einer persischen Familie und wurde entweder in Tus im Iran oder in Harran geboren. Ihm werden fast 3.000

Abhandlungen und Bücher zugeschrieben, die er mit ziemlicher Sicherheit nicht alle selber verfasst hat; einige stammen wohl von seinen Schülern und Nachfolgern. Hinzu kommt der Corpus des Pseudo-Geber, zu dem auch die *Summa Perfectionis Magisterii* gehört, die üblicherweise dem Franziskaner Paul von Tarent zugeschrieben wird. Der verstorbene Historiker Ahmad Yousef Al-Hassan plädierte hingegen für eine arabische Urheberschaft aus dem Umfeld Jabirs auch dieser Schriften (Ahmad Y. al-Hassan, Critical-Issues Studies in al-Kimya': Critical Issues in Latin and Arabic Alchemy and Chemistry, Olms 2009). Als Argument für die Existenz eines arabischen Originals gilt neben linguistischen Analysen die Zerstörung quasi aller bedeutender muslimischer Bibliotheken im Mittelalter, von Baghdad bis Cordoba und den daraus resultierenden Verlust vieler Manuskripte. Ob original oder spätere Zuschreibung, Jabirs Werke beeinflussten stark die europäischen Alchemisten des Mittelalters und der frühen Neuzeit und bestätigten sie in ihrer Suche nach dem Stein der Weisen.

Jakobiter: Umgangssprachliche Bezeichnung für die Anhänger der Syrisch-Orthodoxe Kirche von Antiochien, nach ihrem Begründer Jacob Baradai (gestorben 578). Das Zentrum der frühen Syrisch-Orthodoxe Kirche von Antiochien war die Gegend um Edessa (das spätere Urfa, heute Şanlıurfa) und Harran. Ein herausragendes Merkmal der frühen Jakobiter war ein Hang zur Askese, der ein besonders strenges Eremitentum hervorbrachte. Gleichzeitig galten ihre Klöster als Zentren der Gelehrsamkeit mit umfangreichen

Bibliotheken.

Lo Scheletro – La maledizione di Boemondo: Ein Comicalbum von 1972, das tatsächlich existiert. Leider konnte ich nur das Cover aufspüren. Da es sich laut Beschreibung um einen pornografischen Horrorcomic halten soll, ist mein Bedauern andererseits begrenzt. Offenbar geht es um die sexuellen Abenteuer eines wiederauferstandenen Bohemund-Zombies. Sachen gibt's!

Lucera Saracenorum: In der ersten Hälfte des 13. Jahrhunderts siedelte Friedrich II von Hohenstaufen, nach einem niedergeschlagenen Aufstand, bis zu 20.000 Muslime aus Sizilien nach Lucera in Apulien um. Friedrich, der fließend Arabisch sprach, gewährte der muslimischen Gemeinschaft volle Religionsfreiheit. Die Stadt hatte eine Moschee, koranische Schulen und einen muslimischen Richter. Er rekrutierte muslimische Männer als Bogenschützen für seine Armee und als seine persönliche Leibwache, da sie keine Verbindung zu seinen zahlreichen politischen Konkurrenten hatten. Die Gründe für die Deportation der sizilianischen Muslime auf das italienische Festland sind umstritten. Wahrscheinlich waren Friedrichs Beweggründe vor allem ökonomisch: Auf Sizilien war die Mehrheit der Muslime seit der Herrschaft von Friedrichs Vorgänger Wilhelm II., als Vasallen den christlichen Bischofskirchen verpflichtet, die Recht sprachen, Steuern eintrieben und Arbeitsleistungen einforderten. Durch die Deportation der Muslime beraubte der König die Bischöfe um einen Teil ihres Einkommens. Stattdessen waren nun die Muslime direkt dem König unterstellt. Dies verbesserte ihre Situation erheblich: Steuer und Arbeitsbelastung wurden deutlich reduziert. Unter den Nachfolgern von Friedrich gewannen die Muslime von Lucera eine beispiellose Autonomie, einschließlich der vollen Stadtprivilegien. Die Wahl von Lucera als Siedlungsort geschah wiederum aus wirtschaftlichen Gründen: Die Region um Lucera galt als einer der Kornkammern Südosteuropas. Die sizilianischen Muslime, die für ihre landwirtschaftlichen Kenntnisse berühmt waren, trugen nun die Verantwortung für die Versorgung des Reiches und den lukrativen Weizenhandel nicht nur nach Norditalien und auf den Balkan, sondern auch nach Nordafrika.

Das Ende der Stadt kam für seine Bewohner völlig unerwartet. Der Graf von Altamura griff mit der Unterstützung Karls II von Neapel im Jahr 1300 Lucera an und tötete, verbannte beziehungsweise verkaufte die gesamte Bevölkerung in die Sklaverei. Die Stadt wurde völlig zerstört. Obwohl Karl II religiöse Motive für seinen Feldzug vorschob, wurde dies schon von seinen Zeitgenossen bezweifelt. Wahrscheinlicher ist, dass Karl die Macht über den kostbaren Getreidemarkt gewinnen wollte.

Ludwig II (825-875) aus dem Geschlecht der Karolinger war König von Italien und trug ab 855 auch den Titel des Kaisers. In wiederholten Feldzügen versuchte er, die Araber aus Süditalien zu vertreiben. Zu diesem Zweck verbündete er sich wiederholt mit verschiedenen Fürsten und Parteien, darunter auch mit dem byzantinischen Kaiser, Basileios I, und dem Fürsten von Benevent, Adelchis. Mit beiden überwirft er sich schließlich.

Masciàre, im südlichen Salento auch *macàre*, sind Frauen, die in Apulien traditionell von Bittstellern um Rat gebeten werden, entweder bei Krankheiten, bei Beziehungsfragen oder gegen den bösen Blick. Dabei finden eine große Zahl an unterschiedlichen Behandlungsformen Einsatz, von magischen Ritualen bis hin zu Heilkräutern.

Mufarrag ibn Sallam war von 852 bis 857 der zweite Emir von Bari. Er wurde nach nur fünf Jahren im Amt vergiftet, angeblich weil er zu fromm war.

Paul von Tarent war ein Franziskaner, der am Ende des 13. Jahrhunderts alchemistische Werke verfasste. Ihm wird auch die *Summa Perfectionis Magisterii* zugeschrieben, die unter dem Autorennamen Geber um 1310 in lateinischer Sprache veröffentlicht wurde. Über sein Leben ist erstaunlich wenig bekannt. Sein Name taucht in keinem franziskanischen Verzeichnis auf, so dass einige Historiker angeregt haben, dass Paul von Tarent aus unbekannten Gründen bewusst aus den Chroniken getilgt worden sein könnte.

Sabier: Die Religion der Sabier von Harran ist altorientalischen Ursprungs. Harran war ein Zentrum der Anbetung des Mondgottes. Als letzte einflussreiche Gruppe im Mittelmeerraum, die weder christianisiert noch islamisiert wurde, lebte in Harran der Geist der griechischen Akademien fort. Es wird zu einem Refugium antiker Philosophie, in dem Wissen aufbewahrt, übersetzt und tradiert wird. Indem die Leute von Harran sich als Sabier bezeichnen, werden sie von den Muslimen als ein Volk des Buches, das den einen Gott anbetet, anerkannt, denn im Koran steht geschrieben, dass die Sabier als Volk des Buches zu respektieren seien, auch wenn zu diesem Zeitpunkt niemand wusste, wer die Sabier sind oder wo sie zu finden sind. Somit galten sie als *hunafa* (Singular *hanif*), also als Angehörige eines abrahamitischen Urmonotheismus. Sabische Gelehrte gewannen durch ihre Kenntnisse die Anerkennung der abbasidischen Kalifen, arbeiteten in der Verwaltung des Reiches und halfen beim Aufbau des Hauses der Weisheit in Baghdad. Harran wurde 1251 von den Mongolen zerstört, sieben Jahre bevor auch das Haus der Weisheit in Baghdad in Schutt und Asche gelegt wurde. Die sabische Tradition gilt als grundlegend für die Lehren der Bruderschaft der Reinheit.

Sawdan al-Mazari war von 857 bis 871 der letzte Emir von Bari. Über ihn ist erstaunlich wenig bekannt. Seine Filiation und seine Herkunft aus Harran habe ich erfunden. Wahrscheinlich kam er über Nordafrika und Sizilien nach Italien. Der benediktinische Chronist Erchempert beschreibt ihn als monströsen Unmensch, in anderen christlichen und jüdischen Quellen wird er als durchaus umgänglicher Herrscher beschrieben. Nach der Eroberung Baris durch Ludwig II und Adelchis von Benevent wird Sawdan erst zum Gefangenen, dann zum engen Berater des Adelchis am Hof von Benevent, wo er auch von anderen Ratsuchenden frequentiert wird (und offenbar tatsächlich, unter Anderem, in Fragen der Viehzucht). Nach etwa fünf Jahren am Hof von Benevent wird Sawdan gestattet, sich nach Taranto zurückzuziehen, das nur wenige Jahre darauf von byzantinischen Truppen zerstört wird. Hier verliert sich seine Spur.

Trullo: s. Bienenkorbhäuser

Yahya ibn al-Batriq war ein aus Syrien stammender Übersetzer klassischer griechischer Texte ins Arabische. Er war ein syrischer Christ. Seine Lebensdaten sind nicht genau bekannt, aber er publizierte wohl im frühen 9. Jahrhundert. Damit ist er zugegebenermaßen nicht ganz ein Zeitgenosse Sawdans. Über einen Sohn namens Yakub ist nichts bekannt.

35171729R00132

Printed in Poland
by Amazon Fulfillment
Poland Sp. z o.o., Wrocław